LE LIVRE EPATANT...
DÉMASQUÉS
8° Y²
60513
(46)
25cs Le Volume Complet

Démasqués

Démasqués

PAR

Pierre ADAM

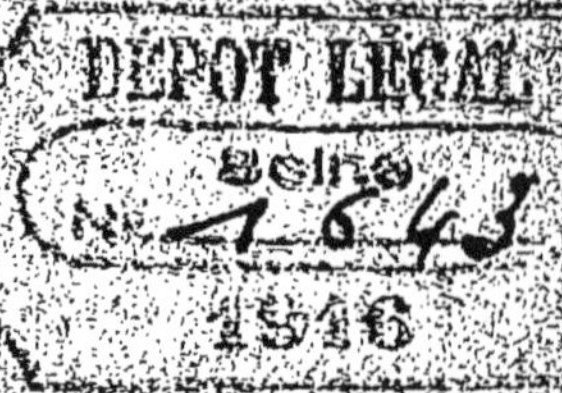

Roman d'amour et de haine

de la grande guerre, inédit

CHAPITRE PREMIER

LA RENCONTRE DE DEUX CŒURS

Le jeune homme s'arrêta au bout d'une allée, se tourna. Il embrassait d'un coup d'œil le grand parc au bout duquel le château de Fenouville dressait sa façade claire et ses tourelles ardoisées.

— Je serai bien là, murmura-t-il.

Il installa un pliant, un chevalet, s'assit, ouvrit une boîte de couleurs et chargea sa palette. Puis, il jeta un croquis sur la toile et se mit à peindre.

Il s'arrêtait parfois pour chercher les tons. En même temps il songeait.

— Pourquoi suis-je ici ? Quelle force aveugle m'a poussé à m'installer à cet endroit ? Je suis ridicule...

Une voix claire et bien timbrée s'éleva derrière lui à cet instant :

— Monsieur Paul Termond!

Le peintre se retourna vivement. Une jeune femme le considérait en souriant.

— Monsieur Termond] répéta-t-elle. Vous n'êtes donc pas à la chasse?

— Il paraît, sourit Paul.

La jeune femme était grande et forte. La lumière se jouait dans ses cheveux roux. Sa bouche trop carminée aux dents irrégulières, en se conjuguant avec deux yeux d'un bleu faïence, communiquait à sa physionomie une expression de dureté que le rire n'arrivait pas à cacher.

— Peut-on voir? demanda-t-elle.

Avant que Paul eût pu formuler une réponse, elle se campa devant l'ébauche.

— Très bien, cela promet, déclara-t-elle. Vous êtes vraiment un artiste, monsieur Termond... ne protestez pas... je dis ce que je pense... Irma Wolfer ne sait point flatter... les tons de vert sont rendus à la perfection...

Le jeune homme hocha la tête en signe de doute.

— Vous ne me croyez pas? poursuivit Irma. Mais quel intérêt aurais-je à farder mon impression? Nous nous connaissons à peine... nous sommes, l'un et l'autre, les hôtes de M. Destieux... Figurez-vous que j'hésitais à accepter son invitation... Je ne m'en repens plus puisque, grâce à lui, j'ai fait en votre personne la connaissance d'un homme charmant...

— Vous me comblez, dit Paul.

— Du tout, je maintiens le mot... d'un homme charmant doublé d'un poète... car la peinture et la poésie sont sœurs... Vous devez aimer la campagne....

— Beaucoup.

— La solitude...

— Enormément.

— Vous auriez tout cela chez moi, à Saint-Pré... Et si j'osais vous inviter à mon tour...

Termond leva sur Irma Wolfer un regard étonné.

— Oh! je sais, fit-elle, les usages, les convenances... Je suis seule dans mon domaine de Saint-Pré et j'y vis à ma fantaisie. Raison de plus pour que vous soyez

assuré d'y trouver la paix chère à votre cœur. De la
fenêtre de la chambre qui sera la vôtre vous verrez
les Vosges, et la campagne bleue, et les bois sombres...
Cela vous reposera de Paris et de la vie malgré tout
mouvementée que vous menez ici, que nous menons,
devrais-je dire.

— J'avoue, fit Paul, que M. Destieux se multiplie
pour nous rendre agréable son hospitalité. Nous avons
eu des soirées, des chasses...

— Soirées au cours desquelles vous n'avez pas paru
vous amuser follement.

— Vous m'observiez? demanda le jeune homme.

— Quant aux chasses, poursuivit Irma Wolfer sans
répondre à la question, je vois que vous leur préférez
la peinture...

— Mais...

— Oh! mes remarques ne sont des critiques ni à
votre adresse ni à celle de M. Destieux... Notre hôte
se dépense pour nous plaire, et l'on ne peut que lui
en savoir gré. Vous préférez, vous, la méditation au
bruit. Comme je vous comprends! Comme je partage
votre amour du calme et de la pensée! Vous ne
croyiez pas, j'en suis sûre, que je vous comprenais à
ce point.

— Mais, madame, articula Paul. je...

— Ne m'appelez pas madame, coupa la jeune
femme. Accordez-moi votre confiance comme je vous
accorde la mienne. Trois jours de bon voisinage n'ont-
ils pas fait de nous de vrais amis? Appelez-moi Irma,
Irma tout court. Ce sera la première récompense de
ma perspicacité. Car, ne le niez point, je vous ai
découvert, j'ai lu en vous comme dans un livre,
et tandis qu'on voyait en vous, ici, un Parisien aimable sans plus...

Termond pâlit légèrement.

— Ah! fit-il, l'on voit en moi... Qui vous a dit?...

— Mais... vos amis, les chasseurs, répondit Irma.
Paul respira.

— Ils se trompaient, continua la jeune femme.
Il y a en vous des trésors de sensibilité, d'affection, qui mériteraient de trouver un cœur qui vibre
à l'unisson du vôtre, une femme qui vous com-
prenne, partage vos enthousiasmes artistiques et

vos joies intimes... J'en arrive — ne riez pas de moi, — à bénir le hasard qui vous a mis sur mon chemin...

— Je crois que vous êtes au soleil, dit Paul.

— ... sur mon chemin... Je bénis le hasard, parfaitement. Si j'étais plus jeune et moins instruite des choses de la vie, je m'enfermerais dans un mutisme niais, je soupirerais à la lune, je rougirais à la seule pensée que vous ayez pu deviner les sentiments qui m'agitent. Qu'en aurais-je? J'y perdrais sans doute l'unique occasion de vous dire des choses sensées dont dépendent mon bonheur futur et le vôtre... notre bonheur, Paul. Le mot est gros; il engage l'avenir et mérite bien que nous ayons une conversation sérieuse, n'est-ce point votre avis?

— Je répondrai à votre confiance par une entière franchise, dit Termond. La camaraderie que vous m'offrez...

Elle se récria.

— La camaraderie? Dieu! Quelle froideur! Regardez-moi mieux, Paul. J'ai vingt-six ans...

— Un de plus que moi, remarqua le jeune homme.

— Qu'importe!... Je suis riche... Les hommages discrets que je reçois ici et ailleurs plaident en faveur de mon physique... suis-je laide et mal faite?

— Non, non, mais...

— Eh bien, Paul? Je sais qu'en ce moment je renverse les rôles. La tradition veut que la femme ne fasse jamais le premier pas et qu'elle résiste aux sollicitations pressantes de celui qu'elle a secrètement élu. Mais je me moque de la tradition moi. Tout Alsacienne que je suis, je me sens la hardiesse d'une Espagnole. Vous n'avez plus rien à apprendre maintenant. Je vous aime et je vous le dis en toute simplicité. Je fais crédit à votre décision de galant homme. Ce n'est pas un flirt que je vous propose; je me hâte de vous en prévenir. Nous sommes, l'un et l'autre en âge de nous établir. Veuve de fort bonne heure, je ne me remarierai qu'avec un homme bon et brave, assez fortuné pour que je n'aie pas à lui faire l'aumône de ma dot. Vous réunissez toutes les conditions, et je viens à vous... Ai-je tort?

— Madame, dit le peintre, croyez...

Elle leva les bras au ciel.

— Il m'appelle madame!... Encore!... Mais puisque...

— Irma, rectifia le jeune homme, votre franchise
me met fort à l'aise pour vous répondre. Vous êtes
trop raisonnable pour vous froisser de ce que je
vais vous dire. Je ne mérite pas l'honneur que vous
me faites et vous m'avez jugé un peu hâtivement...

— Erreur, protesta-t-elle, erreur... j'y vois clair,
et vous vous calomniez.

— Mettons que je me calomnie, sourit-il. Je ne
songe pas à cacher la grande sympathie que j'ai
pour vous... je vous jure sur l'honneur, d'autre part,
que je ne tirerai jamais vanité des paroles obli-
geantes que vous avez bien voulu prononcer... Mais
je n'ai pas votre promptitude... Et puis, s'il faut
aller jusqu'au bout de ma pensée, le mariage est
une chose grave à laquelle, jusqu'à maintenant,
je n'ai eu ni le désir ni la volonté de m'arrêter...

Elle le regarda dans les yeux.

— Je vous entends, fit-elle. Vous me trouvez laide...

— Ah! permettez!

— Je suis jolie?

— Mais...

— Le suis-je, ou ne le suis-je pas?

— Vous l'êtes, vous l'êtes.

— Pauvre, alors?

— Mais puisque...

— Allons, pauvre, dites-le.

— Non, non...

— Je vous déplais?

— Pas comme camarade.

Irma recula d'un pas. Ces mots l'avaient cinglée
comme d'une lumière.

— Ainsi, fit-elle, vous me dédaignez?

— Vous ne m'avez...

— Je fais des avances, je mets de côté ma fierté,
je viens à vous comme jamais femme n'alla vers
l'homme qu'elle aimait, et c'est pour me voir repousser? Vous voulez m'humilier?

— Moi? protesta Paul, sincère. Moi, vous humilier?
Je vous promets le secret. Je vous offre une amitié
loyale et désintéressée. J'accepte même votre invi-

tation. Mais je serais indigne de la confiance que vous m'avez témoignée si je vous laissais espérer que nous pourrons être l'un pour l'autre autre chose chose que de bons amis...

Irma se mordit la lèvre. Elle balançait visiblement entre la colère et la tergiversation. Ce fut cette dernière qui l'emporta.

— Je vois, dit-elle avec une amertume à peine visible. Vous aimez déjà quelqu'un.

Paul ne répondit pas.

— J'arrive trop tard et c'est tant pis pour moi, poursuivit-elle. Je n'en accepte pas moins l'amitié désintéressée que vous m'offrez... Peut-être, quand vous me connaîtrez mieux, car vous ne me connaissez pas encore... Et à la faveur de cette considération je vous excuse... Je ne désespère pas de vous amener à me voir avec d'autres yeux. Vous m'aimerez un jour, je vous préviens... Riez tant que vous voudrez... Je n'ai pas su m'y prendre... J'aurais dû, avec vous, jouer le rôle d'une coquette. Vous ne savez pas, mon cher, les ruses de coquetterie dont une femme est capable quand elle veut empoisonner un cœur. Je vous déclare donc amicalement la guerre, je vous autorise à me manifester à tout instant votre froideur... Piétinez sans crainte mon angoisse et mes illusions. Vous m'aimerez, vous dis-je... Je m'appellerai un jour madame Termond. Raillez-moi. Je vous verrai un jour à mes pieds, humble, repentant, soumis. Eclatez de rire, haussez les épaules; ma victoire n'en sera que plus belle. Après tout, il ne me déplaît pas de vous conquérir. Je ne vous dis pas, comme Carmen : « Si tu ne m'aimes pas, je t'aime; et si je t'aime, prends garde à toi », parce que je suis sûre du succès...

— Vous êtes drôle, dit Paul, et vous m'amusez. Mais, un conseil : laissez à l'arsenal, les artifices de coquetterie...

— La guerre! Il veut la guerre! s'écria presque Irma. Vous l'aurez, mon cher monsieur. Je suis, entendez-vous, l'ennemie...

A cet instant des voix joyeuses et des bruits de pas retentirent au bout de l'allée. Paul et la jeune femme se retournèrent.

— Nos chasseurs! dit le jeune homme.

— Notre paresseux! fit en écho un vieillard souriant, guêtré, fusil en bandoulière, qui marchait en tête du petit groupe. Vous dormiez, ce matin, mon gaillard!

Paul alla serrer la main de M. Destieux et de ses compagnons et les vit rentrer au château. Irma les suivit.

— Ça, fit-il quand il se retrouva seul, quelle aventure! Cette Irma Wolfer ne doute de rien... Après tout, si elle a du temps à perdre...

Il se remit à peindre. Mais le dialogue qui venait de se dérouler de façon si imprévue remuait en Paul trop de fibres pour qu'il se donnât entièrement à sa tâche. Entre deux coups de pinceau il méditait longuement.

Il se reportait à une semaine en arrière. Le spleen l'avait chassé de Paris. Comme il bouclait ses malles et se demandait s'il irait promener sa mélancolie sur les montagnes suisses ou bien à la Côte d'Azur, il avait reçu l'invitation de M. Destieux, l'ami intime de feu son père. Paul ne connaissait pas Fenouville. On lui promettait des parties de chasse, de longues randonnées dans les bois, du mouvement dans un cadre nouveau. Il avait accepté.

A présent, la capitale, le spleen n'étaient que de très vieux et très lointains souvenirs. Paul n'avait trouvé au château ni casino, ni table de jeu. Il avait parcouru les forêts à pied, les deux premiers jours ces forêts profondes de l'est qui parlent de calme et de recueillement. M. Destieux, convaincu de la nécessité d'animer le parc et la demeure où se rencontraient pour quelque temps des hôtes venus d'un peu partout, s'était ingénié à procurer à ses amis des distractions auxquelles le jeune homme était demeuré parfaitement insensible. La cause de son revirement intérieur n'était pas là.

— Je suis fou, murmurait-il. Et, pourtant, si je veux être sincère vis-à-vis de moi-même...

Une image le hantait depuis son arrivée au château; elle peuplait sa pensée, l'accompagnait dans ses rêves, se glissait doucement dans son cœur.

Cette image avait un nom que le jeune homme

s'était surpris, plusieurs fois, à prononcer tout bas :

— Marguerite...

S'il était venu s'asseoir là, au bout de l'allée, c'était moins pour peindre que dans le secret espoir qu'*elle* viendrait, qu'il *la* verrait, qu'il lui parlerait sur ce ton enjoué qui masquait à ravir l'émotion dont il était saisi chaque fois qu'*elle* levait sur lui ses grands yeux de velours.

Mais Marguerite n'était pas venue.

La fille unique de M. Destieux, toute jeune et inexpérimentée qu'elle était des choses domestiques, avait assumé, pour recevoir les hôtes de son père, le rôle de maîtresse de maison.

M. Destieux avait dit à Marguerite : « Tu ne retourneras plus à l'institution de demoiselles de Nancy... Tu vivras à Fenouville désormais, en attendant de prendre mari... ne t'effraye pas; mon intention n'est point de te cloîtrer. Le pensionnat était, je le sais, une manière de prison dans laquelle tu n'aurais pas manqué, si je t'y avais laissée un an encore, de te trouver trop à l'étroit. Le château ne sera pas davantage un lieu de morne solitude. Je veux qu'ici, sous mes yeux, tu fasses connaissance avec le monde... J'ai invité des amis, nous les recevrons le moins mal que nous pourrons. »

Marguerite, un peu effrayée de cette investiture un peu soudaine, avait refoulé au plus profond d'elle-même sa timidité pour être agréable à M. Destieux.

— Qui aurons-nous? avait-elle demandé.

— Nous aurons, répondit le vieillard, Irma Wolfer, qui est déjà venue l'an dernier.

— La veuve de Saint-Pré qui nous déclarait ne jamais vouloir se remarier?

— Justement. Elle te donnera des conseils quant à la manière de recevoir...

— Et puis?

— Dorval,... tu sais, Dorval?...

— Le gros banquier?

— Oui. Il veut maigrir, je lui ferais chasser le lièvre.

— Et encore?

— Moreux, de Lyon, les Danelley, Paul Termond...

— Paul quoi?

— Termond.

— Connais pas.

— C'est un peintre... un peintre de Paris...

— Avec, sans doute, une barbe grise en pointe, de longs cheveux débordant d'un immense chapeau de feutre, joues creuses, ample pèlerine...

M. Destieux sourit.

— C'est à peu près cela, dit-il. Tu l'as décrit aussi fidèlement que possible.

— C'est que tous les peintres ont de la barbe, de grands cheveux et un vaste chapeau, déclara Marguerite. Sans tignasse et sans feutre, pas de talent possible. Alors, c'est entendu; je vais faire préparer des chambres pour la veuve inconsolable, l'homme au coffre-fort, le Lyonnais, la tribu et le rapin...

— Est-elle gaie! dit le vieillard en voyant sa fille s'éloigner pour donner des ordres.

Pendant deux jours, ce fut dans le château un remue-ménage auquel les appartements et leurs meubles vaguement poussiéreux n'étaient plus habitués depuis la mort de Mme Destieux. En battant les tapis aux fenêtres et en préparant les lits, la cuisinière et la femme de chambre échangeaient des réflexions:

— C'est comme qui dirait autrefois, du temps de madame.

— Vous comprenez, y commence à lui chercher des époux, à c'te petite. Les prétendants ne manqueront point, c'est sûr, avec des yeux comme all' a...

— Et de la beauté...

— Et de l'éducation... All' chante comme un rossignol, all' joue du piano... et pas fière...

Cependant les préparatifs étaient à peine terminés que les invités débarquaient à la gare de Fenouville. M. Destieux, qui était allé à leur rencontre avec une voiture, les ramena. Quelques instants avant qu'il ne parût, un jeune homme avait fait, en auto, son entrée dans le parc. Marguerite était accourue sur le perron.

— Mademoiselle Marguerite Destieux, probablement?... avait dit le jeune homme

— Mais oui, monsieur, répondit Marguerite en s'inclinant.

— Monsieur votre père est ici?... je...

— Mon père va venir, monsieur. Il est à la gare...

— A la gare?... Je parie qu'il attend...

— Des invités, oui, monsieur... Nous en attendons, c'est cela...

— Vous voudrez bien excuser Paul Termond...

— Paul Termond... le peintre?

— Oui, mademoiselle... Je vois que vous êtes au courant. Vous l'excuserez de...

— Il ne vient pas ?

— Si fait, puisque me...

— Ah! vous me rassurez... J'avais craint un instant... J'aurais regretté, vraiment... Il doit être amusant avec sa barbe, ses cheveux et son feutre. Vous le connaissez?

— Qui?

— Paul Termond... le peintre...

— C'est moi, mademoiselle.

Marguerite rougit jusqu'aux oreilles. Elle regarda Termond; puis un fou rire la prit.

De son côté, Paul ne put dissimuler une irrésistible gaîté. Leurs rires sonnèrent clair et longtemps devant le vieux château. Il rompait entre eux la glace mieux que vingt présentations cordiales n'eussent pu le faire.

Ils se serrèrent la main.

— Mon père s'est moqué de moi, dit Marguerite.

— Si l'on peut dire! se récria M. Destieux qui arrivait à ce moment. Ma fille voulait absolument que vous fussiez un Absalon, mon cher. Vous êtes venu en auto?... Parfait... L'on va remiser votre voiture...

Les autres invités descendaient, saluaient Marguerite. Celle-ci, plutôt abasourdie, répondait tant bien que mal aux shake-hands et aux compliments. Le rire la reprenait chaque fois qu'elle regardait Paul. Le jeune homme, loin d'en paraître froissé, s'amusait follement. Après le déjeuner, il dit:

— Mon grand âge, mademoiselle, m'autorise-t-il à vous demander d'être pour vous un bon et franc camarade?

— Vous l'êtes déjà, répondit-elle. Entre nous, la courtoisie maniérée de nos voisins de table me gênait un peu. Avec vous, pas de protocole... J'aime mieux ça... Je ne suis, en dépit de ma taille et de mes attributions majestueuses, qu'une toute petite fille...

— Et moi, à votre contact, je me sens redevenir gamin. Je jouerais volontiers à la marelle...

— Et moi je sauterais à la corde... je suis affamée de grand air et de mouvement. Aimez-vous le tennis?

— Vous avez un « court »?

— Magnifique... Et des balles, et des raquettes... Seulement, vous allez me rendre des points...

— Pas avant de connaître votre force...

— Si, si...

— Non, non...

— Nous nous disputons déjà, je crois!

— Les gosses ne jouent jamais sans se disputer.

Il sortirent. Le terrain de tennis était au milieu du parc. Et tandis que le banquier fumait son cigare, que les Danelley admiraient le paysage et qu'Irma Wolfer se balançait sur un rocking-chair, eux, sans plus attendre, commençaient une partie mouvementée...

— Out?...

— Play!...

La balle partait à la vitesse d'une flèche, rebondissait, rasait le filet, trouvait, au bout de sa course, une raquette pour la recevoir et la renvoyer.

— Oh! mademoiselle, faisait Paul entre deux coups de traîtrise, vous êtes de première force!... Et celui-ci? y répondrez-vous?

— Oui... Et vous, celui-là?...

Marguerite s'animait, se dépensait, suivait la balle du regard, avait des souplesses félines, des attentes, des élans, **des** ripostes brèves dont Paul était ébloui. La rieuse enfant rencontrée à sa descente d'auto était loin, bien loin,... le jeune homme se trouvait maintenant devant une jeune fille étrangement belle dont chaque pose non étudiée faisait ressortir les formes harmonieuses, toute de grâce, de charme prenant, de troublante fascination. Le peintre effaçait le joueur; l'artiste reprenait ses droits. Tout en répondant aux coups que lui « plaçait » Marguerite, Paul, mentalement, détaillait le modèle que le hasard le mettait à même de contempler. Son œil suivait les lignes changeantes, s'arrêtait à l'ovale régulier du visage, au dessin de la bouche, aux jeux d'ombre et de lumière qui soulignaient par instants l'éclat d'un regard où s'épanouissait la vie, la joie d'exister, le désir de vaincre...

— Eh bien! s'écria-t-elle, allez-vous vous laisser battre?

Il tressaillit. Marguerite prenait sur lui de l'avance.

— Un homme, battu par une petite fille? ce serait impardonnable! sourit-elle.

— Vous avez raison, dit-il avec une fausse gravité, mon honneur est en jeu...

Il se remit pour tout de bon à jouer, moins pour gagner que pour ne pas laisser deviner à sa gracieuse adversaire l'émotion dont il se sentait saisi. Jusqu'à présent, il s'était borné à la défensive. Il attaqua. La partie devint serrée.

Alors, ce fut au tour de Marguerite de connaître l'étonnement et l'admiration muette. Elle comprit que le jeune homme l'avait, depuis le début, à dessein ménagée. Il lui apparaissait maintenant sous les traits d'un athlète résumant la force, la vigueur maîtresse d'elle-même, la mâle beauté de l'homme en possession de ses moyens physiques. Paul se redressait, dominait de sa puissance aisée celle qui ne se défendait plus qu'à grand'peine, la subjuguait de son adresse et de sa volonté.

— J'y renonce, dit-elle à la fin. Je ne suis pas de taille... Vous me rendrez des points, la prochaine fois?

Il promit de bonne grâce. Et, tous deux, ravis de l'assaut qu'ils venaient de se livrer, et qui mettait une pointe d'intimité à la camaraderie qu'ils s'étaient dès la première minute, spontanément vouée, tous deux quittèrent le ground et s'en furent par les allées, joyeux de leur mutuelle présence. Au détour d'un massif ils rencontrèrent M. Destieux.

— Bravo, mes enfants, sourit le vieillard. J'ai assisté, de loin, à votre match. Réservez-vous pour demain... N'oubliez pas que nous allons en forêt...

— Soyez tranquille, mon père, répondit Marguerite, nous vous suivrons, vous verrez...

Le lendemain, de grand matin, M. Destieux et ses invités montaient à cheval et partaient pour une longue excursion. Marguerite était de la fête. Elle chevaucha quelque temps aux côtés d'Irma Wolfer, puis vint se placer auprès de Paul.

— Vous vous ennuyez? demanda-t-elle.

— Moi? se récria le peintre.

— Excusez-moi, fit la jeune fille. Je vous ai vu si gai, hier...

— Au tennis?

— Au tennis, oui...

— Ma joie, ce matin, est tout intérieure, dit-il.

Marguerite rougit. Cette joie intérieure, elle la ressentait aussi, elle lui réchauffait le cœur depuis la veille. Des sentiments confus et délicieux l'agitaient, qu'elle ne songeait point à analyser. Elle se sentait incapable de la moindre conversation. Elle était venue à Paul, mue par un besoin de retrouver le « camarade » masculin aux mots drôles, à la gaîté communicative. Elle eût volontiers poursuivi la route ainsi, sans avoir à parler...

D'ailleurs, Termond lui épargnait cette peine. La promenade en forêt l'enchantait, faisait vibrer en lui la harpe du poète. Et il dit ses impressions émues, le trouble mystérieux de l'ombre silencieuse, la beauté calme et majestueuse des sous-bois. Par sa bouche s'exprimait l'immortelle et vivante nature, le frisson des choses et la beauté de l'infini... Marguerite écoutait, recueillie. Le langage, nouveau pour elle, du jeune homme, la berçait comme d'une musique lointaine et profonde. Elle avait été subjuguée la veille par la force musculaire de Paul; elle était dominée maintenant par une autre force, celle de l'intelligence et du cœur; elle s'éveillait à la sensibilité quasi douloureuse des contemplations d'éternité... Elle ne disait rien... Elle était heureuse.

En avant, M. Destieux guidait la caravane. Il fit halte, vers midi, dans une clairière qu'il avait choisie comme lieu de pique-nique. Tous descendirent de cheval et s'installèrent sur la mousse. Ils étaient de grand appétit. Le banquier Dorval, surtout, criait la faim. Il s'était inquiété plusieurs fois du menu dans la matinée. M. Destieux fit ouvrir les paniers.

Alors, parmi les convives, régna bientôt la gaîté bruyante dont s'assaisonnent les repas au grand air. Irma Wolfer, que le vin généreux grisait autant que la fatigue, fredonnait des chansons gutturales qui lui rappelaient, disait-elle, ses courses d'autrefois en Alsace. Le banquier soufflait entre deux toasts. M. Destieux rayonnait, Marguerite et Paul se regardaient en silence.

La journée passa trop vite à leur gré. Ils rentrèrent le soir, comme tombait le crépuscule sur la campagne vaguement embrumée. Avant de se séparer la jeune fille et Termond se serrèrent longuement la main.

Depuis, Paul n'était pas retourné dans les bois aux ramures entrelacées. On eût dit qu'il avait peur d'effacer, par de nouveaux aspects, l'impression tout d'abord ressentie avec *elle...* Car il songeait à *elle* à présent. Il ne pouvait en détacher sa pensée. *Elle* habitait en lui. Cela s'était fait sournoisement, presque à son insu. Pour la première fois depuis son arrivée à Fenouville, il osait s'examiner en face, et devant la toile inachevée, il se raillait...

— Pourquoi suis-je venu là ce matin? se demandait-il. J'espérais qu'*elle* viendrait... Et elle n'est pas venue... Ah ça!... Qu'allais-je m'imaginer? Est-ce moi, Paul Termond, qui soliloque ainsi? Marguerite est jeune et belle... Et après?... Son rire m'entre dans le cœur... Et après? Est-ce qu'elle se soucie de moi? Voit-elle en moi autre chose qu'un grand camarade? Ne suis-je pas fou, archi-fou de me laisser aller à ne plus songer qu'à elle?

Une cloche sonna à cet instant au bout du parc.

— Le déjeuner! fit Paul. Je vais être en retard...

Il se hâta de mettre dans la boîte palette et pinceaux puis il prit la direction du château.

Dans le vestibule, il rencontra Marguerite.

— Je viens de peindre, expliqua-t-il, là-bas... auprès du...

— Je sais, fit-elle.

— Ah! vous saviez...

Elle eut de la tête un signe affirmatif et, très vite, gagna la salle à manger.

Certes, elle savait. Tout comme Paul, le souvenir des heures écoulées hantait son cœur et peuplait ses rêves. Un trouble jusqu'alors inconnu faisait battre ses tempes et la serrait à la gorge chaque fois que, devant elle, quelqu'un prononçait le nom du jeune homme. Le regard de Paul, la voix de Paul, le visage de Paul entraient dans sa vie, se glissaient dans ses pensées, les enveloppaient de lumière très douce. En même temps une inquiétude gagnait la jeune fille.

L'idée que Termond ne resterait que quelques jours à Fenouville lui produisait l'effet d'une piqûre douloureuse.

— Que vais-je m'imaginer? murmurait-elle? *Il m'a offert son amitié cordiale... Je ne suis pour lui qu'une camarade... La courtoisie l'oblige à ne me point négliger... Mais une fois parti — car il va partir bientôt... partir!... — se souciera-t-il de moi? Tant de distractions le sollicitent à Paris!... Je ne suis qu'une petite fille déraisonnable, et mon père, mon bon papa me gronderait s'il lisait en moi...*

M. Destieux avait bien autre chose à faire que de démêler les sentiments de sa fille. Marguerite, repliée sur elle-même, intérieurement heureuse de la souffrance nouvelle qu'elle ressentait, alimentait cette souffrance d'émotions sans cesse renaissantes. Il lui semblait que Paul ne la regardait plus ainsi qu'au premier jour, que sa voix se faisait moins assurée pour lui parler, que ses poignées de main devenaient tremblantes. Une timidité naissait entre eux, qu'ils n'arrivaient pas toujours à surmonter. La veille, au tennis, ils s'étaient un moment arrêtés, sans un mot...

Ils avaient presque aussitôt détourné les yeux....

Minute exquise que Marguerite avait revécue, seule, le soir, et qui l'avait longtemps tenue éveillée. Elle ne s'était endormie que fort tard. Et le lendemain, au réveil, sa première pensée avait été pour *lui* qui l'avait décidément conquise.

Elle s'était levée, frémissante. Et voilà qu'au

moment d'ouvrir la fenêtre, elle avait aperçu, par l'entre-bâillement des persiennes, le jeune peintre installé au bout d'une allée, devant un chevalet.

Quelle timidité plus grande que les timidités passées l'avaient prise alors? Elle n'avait osé ouvrir et se montrer. Elle était demeurée là, muette, regardant de ses yeux dilatés dans la pénombre.

Il ne se savait pas observé. Il levait parfois la tête et fixait la fenêtre...

Alors des pleurs avaient inondé les yeux de Marguerite...

S'il était là, de si grand matin, c'était pour elle...

Son instinct de femme l'avertissait d'un triomphe. Elle n'en ressentait nul orgueil, mais seulement un immense bonheur.

Mais quelle était donc cette forme qui se glissait, là-bas, de massif en massif?...

La forme disparaissait derrière les arbres, réapparaissait, s'approchait de Paul...

Marguerite reconnut Irma Wolfer.

La jeune fille en éprouva un petit choc au cœur.

Irma souriait, parlait à Paul... Et Paul se retournait, souriait aussi... Ils causaient peinture, sans doute... Mais non... Leur conversation s'animait. Irma se faisait doucereuse et pressante... Paul semblait embarrassé... La veuve mettait, dans ses gestes, et sans doute aussi dans ses paroles, le reflet d'une véhémente passion...

Marguerite se sentit défaillir. Un sentiment nouveau, amer, terrible, lui brûlait le sang. Elle avait été un moment tentée d'ouvrir la fenêtre et de crier : « Bonjour... Il y a dix minutes que je vous observe!... » Mais elle s'était retenue.

Elle éprouvait l'âpre désir de voir et de souffrir encore.

Elle assista ainsi, de loin, à l'arrivée de M. Destieux et de ses autres invités. Irma battait en retraite... Demeuré seul, Termond avait un haussement d'épaules...

Marguerite respira. Les craintes qu'elle avait nourries l'instant d'auparavant s'évanouissaient. En elle renaissait le doux espoir.

Elle ne descendit que lorsque la cloche annonçant le déjeuner se mit à tinter.

Dans le vestibule elle avait rencontré Paul. Le
jeune homme s'était éloigné. Il revint bientôt.

Pendant tout le repas, Marguerite observa ses
hôtes à la dérobée, et plus particulièrement Irma
Wolfer.

Il lui sembla que la veuve dardait par instants
sur le peintre des regards farouches au fond des-
quels il y avait de l'humiliation et du dépit.

Dans l'après-midi, Marguerite et Paul se retrouvè-
rent seuls.

C'était justement à l'endroit du parc où, le matin,
l'artiste était venu peindre.

— Vous offrirai-je une revanche de tennis? demanda-t-il.

Marguerite secoua négativement la tête. Puis, d'un
ton qui voulait paraître enjoué, mais qui demeurait
grave, au fond.

— Vous vous êtes querellé avec quelqu'un aujourd'hui? questionna-t-elle.

— Moi? sursauta Paul.

— Oui... vous... Il me semblait... j'ai cru comprendre qu'Irma Wolfer...

Le jeune regarda Marguerite bien en face. Elle,
incapable de biaiser plus longtemps, avoua :

— Je vous ai vus... j'étais derrière la persienne...

Edmond pâlit légèrement.

— Nous ne nous sommes pas querellés, fit-il. Irma
Wolfer me demandait... Elle voulait se remarier...

— Avec vous?

— Avec moi.

Marguerite avait pâli à son tour. Il y eut entre les
jeunes gens un silence de quelques secondes. Ce silence équivalait, de la part de Marguerite, à une
interrogation.

Elle fut épouvantée de cette question muette.

— Excusez-moi, murmura-t-elle. Je n'ai pas le
droit de savoir... Excusez-moi...

— Asseyez-vous, dit Paul à mi-voix.

Il y avait un banc au ras du massif. Ils s'assirent,
très près l'un de l'autre.

— Croyez, répéta Marguerite, qu'il n'entre pas dans mes intentions...

Il l'interrompit :

— Non, amie... je vous en prie... vous avez le droit de savoir, au contraire, et je veux que vous appreniez...

Il s'arrêta, oppressé, cherchant ses mots. Puis, tout d'une traite :

— Je veux que vous appreniez, parce que je ne puis plus garder un secret qui m'étouffe. Marguerite, je dois vous paraître lourd et maladroit. Je voudrais trouver les phrases qui chantent en moi depuis que je vous ai vue. Elles se résument à trois mots que vous devinez... Votre grâce, votre simplicité, votre beauté ont opéré en moi une révolution qui m'effraye. Je ne me reconnais plus. Je ne m'appartiens plus. L'idée qu'il me faudra partir bientôt me torture. M'éloigner de vous, Marguerite, je n'ose y songer. Vous ne savez rien de ma vie, n'est-ce pas? Vous me connaissez à peine. Je suis, à vos yeux, le camarade qu'un hasard a placé sur votre chemin... Ce camarade-là riait, avant de venir à Fenouville, quand on lui parlait d'amour. Il se refusait à croire à l'union de deux cœurs et de deux âmes parce que son cœur à lui n'avait jamais vibré, parce que son âme n'avait jamais rencontré d'âme sœur. Il rêvait, aux heures où les chimères venaient le bercer, d'une jeune fille idéalement belle, de deux yeux profonds comme des abîmes, d'un rire sonore et franc comme la jeunesse, d'une sensibilité divine... Il avait déjà contemplé des yeux profonds, mais qui ne reflétaient pas l'infini. Il avait entendu des rires perlés, mais frivoles. Là où il pensait découvrir l'exquise sensibilité il n'avait découvert que coquetterie... Et il se disait : tant de perfections ne peuvent se réunir en une seule personne... Je vous calomniais sans vous connaître, Marguerite, ou plutôt je blasphémais parce que je ne vous connaissais pas. Et voici que moi, le jeune homme fier et dédaigneux, je ne vous parle à présent qu'en tremblant. Je veux que vous lisiez en moi. J'ai trop souffert pour ne pas m'exposer à souffrir davantage encore. Un mot, un seul mot de vous peut me briser le cœur. Je ne vis plus que par vous, Marguerite, et je ne vis plus que pour vous. Votre image me hante, votre voix résonne à mes oreilles quand vous n'êtes plus là. Il faut que je vous avoue que, seul dans ma chambre, je prononce votre nom pour me donner l'illusion que vous ne m'avez point quitté. Tenez, hier, au tennis, quand vous vous êtes approchée de moi pour me recommander je ne sais plus quoi, et que vous vous êtes moquée de mon inattention, je n'étais plus au jeu. Je luttais contre moi-même pour ne pas vous crier en face ce que j'ose vous dire aujourd'hui : Je vous aime.

Paul s'arrêta. Il avait parlé sans regarder la jeune fille. Il la devinait seulement, là, tout près, et le silence et l'immobilité qu'elle gardait redoublaient ses craintes, l'incitaient à parler encore. Il était comme le pauvre avocat d'une cause sublime qui s'accuse, en plaidant devant un tribunal, de ne point trouver les accents qui fléchissent le juge. Il releva la tête et regarda la jeune fille.

Marguerite avait porté les mains à son visage... Elle pleurait. Paul se rapprocha.

— Je vous ai blessée, articula-t-il d'une voix sourde et navrée. Je m'en veux... oubliez ce que j'ai dit... Je m'en vais ce soir.

Il se levait. Elle le retint.

— Non, fit-elle. Restez.

Il se rassit.

— Alors, murmura-t-il, pardonnez-moi...

— Je n'ai pas à vous pardonner, dit-elle en levant sur le jeune homme des yeux baignés de larmes; parce que... moi aussi... je...

Paul tressaillit.

— Oui, poursuivit-elle, je l'avoue sans savoir si ce que je fais est bien ainsi. J'ai pris vos pensées, dites-vous. Eh bien, vous avez pris les miennes. Votre image non plus ne me quitte pas, et j'ai prononcé votre nom alors que nul ne pouvait m'entendre. Et je tremblais... Et je me disais : Il partira, et il ne saura pas... Et il faudra que je l'oublie. Vous oublier! je ne l'aurais pas pu. Il me semble que nous nous connaissons depuis toujours, que vous m'avez toujours protégée... car, auprès de vous, je me sens petite et faible. Ce que vous appelez ma beauté n'est rien. Je tremblais que vous ne m'estimiez indigne de votre tendresse, indigne de l'honneur de partager vos enthousiasmes et vos joies. A la pension, entre amies, nous parlions quelquefois du prince charmant des contes de fées, et, tout inexpérimentées que nous étions des choses de la vie, nous sentions bien que les princes charmants étaient issus de l'imagination du poète. Nous nous étions trompées. Ne vous inquiétez pas si je pleure... Ce sont des larmes de bonheur...

Elle défaillait, comme le matin, auprès de la fenêtre. Paul l'attira doucement à lui.

— Je suis heureuse, dit-elle d'une voix ineffable. J'avais peur... tellement peur.

— Je vous aime, murmura le jeune homme. Ma peur égalait la vôtre... Je vous aime...

Elle leva vers lui un regard noyé de ravissement.

— Et moi aussi, je vous aime, Paul, dit-elle !

— Marguerite !...

Leurs visages se rapprochaient, leurs yeux reflétaient l'extase. Dans leur premier baiser, passait, en même temps que la promesse d'une union complète de deux cœurs, le triomphe de la vie, de la jeunesse, de l'amour...

Les heures qui suivirent furent pour eux un enchantement.

Ils avaient quitté le banc témoin de leurs aveux, ils se promenaient côte à côte dans le grand parc; une mutuelle confiance les dressait, radieux, face à l'avenir. Ils remuaient le passé, leur passé, car ils avaient des souvenirs communs qu'ils évoquaient maintenant, comme si l'inquiétude d'hier devait ajouter à la félicité des minutes présentes.

— C'est ici, disait le jeune homme, que je vous ai aperçue pour la première fois...

— Et que vous avez bien voulu pardonner à mon étourderie, compléta Marguerite. Et c'est là, près de cet arbre que, pour la première fois aussi, j'ai compris que je vous aimais. Le lendemain nous étions en forêt... Nous y reviendrons, dites, sous les grands arbres? Ce sera notre pèlerinage, à nous... Et votre tableau?

— Quel tableau?

— Celui de ce matin? Vous l'achèverez, j'espère?

— A une condition, sourit Paul.

— Laquelle?

— C'est que vous ouvriez la fenêtre désormais et que vous ne vous tiendrez plus derrière la... jalousie...

— Malicieux! dit la jeune fille.

Le lendemain, et les jours suivants, Ternond s'installa devant son chevalet. Il avait retrouvé sa verve, la sûreté du pinceau et la science du coloris. Là-bas, tout au fond, Marguerite apparaissait, souriante, et Paul lui envoyait des baisers, à la dérobée. Elle répondait discrètement et disparaissait dès qu'un hôte du château s'approchait du jeune homme pour juger de sa peinture. Les visiteurs ne manquaient point. Irma Wolfer, qui ne renonçait pas à la lutte, venait régulièrement. Et, régulièrement, elle demandait :

— Toujours rebelle?

Paul haussait doucement les épaules.

— Vous savez, poursuivait Irma, que je vous ai déclaré la guerre et que vous succomberez. Ce n'est pas une plaisanterie. J'ai sur le cœur mon humiliation, d'abord... Et puisque vous n'avez, en somme, aucune raison valable à me fournir...

— Pardon, fit Paul, je vous en ai donné une qui me paraît compter...

— Vous ne... Je vous suis indifférente?

— Pas comme camarade, notez-le bien. —

— Vous ne m'aimez pas... mais vous m'aimerez.

— Non.

— Si.

— Permettez... je...

— Pas la moindre permission, mon cher. Nous quittons ensemble Fenouville dans trois jours...

— Comment? Nous quittons ensemble!...

— Ne m'avez-vous pas promis de venir à Saint-Pré? N'avez-vous pas accepté mon invitation?

— J'avoue humblement, fit Paul, que je n'ai nulle souvenance...

Irma se mordit la lèvre; puis, le regard soudainement mauvais :

— J'y suis, dit-elle avec un ricanement, j'oubliais
la petite demoiselle qui se tient, là-bas, derrière la
fenêtre et qui attend que j'aie tourné le dos pour vous
télégraphier son tendre émoi...

— Madame, articula le jeune homme, vous insi-
nuez...

— Moi? insinuer? grimaça la veuve. Ah! ça, mon
cher, croyez-vous qu'on n'ait point d'yeux? La petite vous a depuis peu des airs penchés qui lui
seyent à ravir, j'en conviens, mais qui ne laissent
aucun doute sur la nature de ses sentiments à votre
égard. Vous-même vous vous trahissez à chaque instant. Votre empressement auprès de Marguerite est
plus que suspect, vous en conviendrez...

La conversation fut interrompue à ce moment par
l'arrivée de Marguerite en personne.

— Les oreilles m'ont tinté, sourit-elle. L'on a
parlé de moi ici il n'y a pas longtemps.

— Madame qualifie de suspect mon empressement
auprès de vous, dit Paul.

Marguerite se redressa.

— Suspect? fit-elle.

— Mes excuses à monsieur, articula mielleusement
Irma. Je sais ce que je sais néanmoins. J'abuserais
de l'hospitalité que vous m'avez offerte, mademoiselle ma jeune amie, si je mettais M. Destieux au
courant de la situation...

— Quelle situation? demanda Marguerite.

— Mais... la vôtre et celle de M. Termond... Faut-il
que je précise?

— Je vous en prie.

— Vous aimez monsieur...

— Oui, de toute mon âme.

— Ah! Ah! vous voyez bien? Et monsieur vous
aime...

— C'est vrai, dit Paul simplement.

Irma, décontenancée par tant de franchise, balbutia :

— Ils avouent... Ils... vous n'avez pas l'air... Mais
c'est inouï!... colossal! Et si M. Destieux savait... Re-
marquez, mademoiselle, que je ne vous menace
point... mon amitié pour vous m'oblige, pour l'ins-

tant, à une retenue que je saurais observer... Je garderai le silence devant M. votre père...

— Votre discrétion me touche, dit Marguerite avec une pointe d'ironie, elle part sans doute d'un bon naturel, mais je ne voudrais pas vous laisser croire que vous être détentrice d'un secret. Parlez à mon père si bon vous semble; vous ne lui apprendrez rien qu'il ne sache déjà.

Irma fit, pour voiler son dépit, une révérence cérémonieuse.

— Parfait, dit-elle, parfait...

Elle s'éloigna.

Paul, alors, regarda Marguerite.

— Votre père est au courant? questionna-t-il.

— Il sait tout, répondit la jeune fille. Hier soir, au moment où je regagnai ma chambre, il m'a prise à part et m'a demandé ce que je pensais de vous. Je n'ai pu lui cacher mes sentiments...

— Et il vous a grondée? articula Paul anxieux.

— Non. Il m'a embrassée longuement et m'a dit qu'un de ses vœux les plus chers était en train de se réaliser.

— Est-ce possible? rayonna le jeune homme.

Le bonheur lui ôtait la parole. Depuis qu'il se savait aimé, il redoutait un refus de M. Destieux. Marguerite ajouta :

— Vous pourrez donc parler à mon père. Il est on ne peut mieux disposé à votre égard.

Le premier mouvement de Paul fut pour aller trouver M. Destieux. Marguerite le retint.

— Ne préférez-vous pas attendre qu'Irma Wolfer soit partie? dit-elle. Notre joie lui serait une douleur et je ne voudrais pas qu'elle s'imaginât que nous avons voulu la narguer...

Le jeune homme fut touché de tant de délicatesse. Irma Wolfer, d'ailleurs, lui épargna deux jours d'attente sur trois. Le château de Fenouville lui paraissait inhabitable depuis qu'elle avait entendu, de la bouche même de Marguerite et de Paul, l'aveu dont sa fierté de femme avait tant à souffrir.

Elle prit congé de M. Destieux et regagna Saint-Pré.

Quelques heures plus tard, Paul faisait sa demande en mariage.

M. Destieux l'écouta sans l'interrompre, puis, avec un bon sourire de papa :

— J'aurai bientôt deux enfants au lieu d'un, déclara-t-il.

CHAPITRE II

COUP DE TONNERRE

Un à un les invités de M. Destieux avaient quitté Fenouville.

Le vieillard leur avait fait promettre de revenir bientôt pour assister au mariage des jeunes gens, lequel devait avoir lieu dans quelques semaines.

En attendant le jour de la cérémonie, Paul s'était installé au château.

Il y goûtait la vie contemplative chère aux artistes et le délice de sentir un cœur aimé battre à l'unisson du sien.

M. Destieux, le plus souvent occupé de ses champs et de ses bois, laissait Marguerite et Paul seuls à Fenouville.

Les heures s'écoulaient alors pour les fiancés ainsi que des songes bienheureux.

Ils se redisaient sans se lasser cette phrase bénie qui était leur raison de vivre. Ils entrevoyaient une existence calme, exempte de soucis matériels, l'enchantement perpétuel d'un amour sans bornes dans un nid si doux!... Paul dessinait un intérieur, rêvait d'appartements feutrés où les bruits du monde n'arriveraient qu'assourdis, ouatés, imperceptibles. Marguerite préparait son trousseau, essayait des robes.

Ces mille détails prometteurs d'une félicité toute prochaine absorbaient les jeunes gens... Et les jours succédaient aux jours, les projets aux projets, les préparatifs aux préparatifs.

Le soir, les amoureux se promenaient dans le parc, sous les étoiles, et leurs serments entremêlés de baisers faisant écho aux chants mélodieux des rossignols ivres de solitude et de crépuscule.

Paul oubliait Paris. Marguerite ne voyait que Paul. La notion du temps et de l'espace était perdu pour eux. Ils s'aimaient et se le disaient. Ils étaient promis l'un à l'autre. On leur eût parlé d'île déserte et d'exil à perpétuité que cela ne les eût point effrayés à la condition que l'île les abritât tous deux et que l'exil ne les séparât point.

L'idée d'une séparation possible n'avait d'ailleurs jamais hanté leur cerveau depuis que leur union avait été décidée. Ils s'identifiaient par le cœur et par la joie. La communion des âmes les rendait insensibles à tout ce qui n'était pas eux-mêmes, à tout ce qui ne leur parlait pas d'affection tendre, d'émotion contenue, d'espérance en la vie, d'amour...

M. Destieux les contemplait parfois d'un œil humide.

— Sont-ils bien assortis? murmurait-il. Quel père ne s'enorgueillirait pas d'un mariage qu'il a voulu et préparé? Car l'union de Paul et de Marguerite sera mon œuvre. Après-demain ma fille portera le nom d'un jeune homme loyal et riche, en passe de devenir un artiste célèbre... Mais voyez-les... sont-ils gentils?

Paul et sa fiancée se promenaient devant le perron et s'entretenaient à voix basse.

— Le bonheur me fait mal, disait-elle. Tout à l'heure, quand j'ai essayé ma robe de mariée, j'ai cru que j'allais défaillir. Je voudrais qu'après-demain, lorsque nous irons à l'autel, il n'y ait partout que des heureux.

— Nous sèmerons de la joie autour de nous, mon aimée, assura Paul.

A ce moment quelqu'un traversa le parc en courant.

Termond reconnut le garde-chasse Gustave Iroux dont la demeure était près de la grille d'entrée.

Iroux gesticulait comme un fou, faisait de longues enjambées, approchait rapidement.

— Qu'y a-t-il? le feu? lui cria M. Destieux.

— Non, pas le feu, mais pire! répondit le garde-chasse.

— Quoi, alors?

— La guerre!

— La quoi?

— La guerre... on vient de décréter la mobilisation.

Ces mots tombèrent d'aplomb sur le cœur de Paul et de Marguerite. M. Destieux recula d'un pas.

— La guerre?... Tu dis?... Tu dis?...

Iroux se dandinait devant les marches du perron; il avait ôté sa casquette.

— Sauf votre respect, dit-il à M. Destieux, je suis encore bon pour le coup de feu... Alors, je vais m'engager, pas vrai?

— La guerre... la guerre, répétait le vieillard comme s'il n'avait pas compris.

— Alors, de c't'affaire là, j'vas casser la margoulette aux Prussiens, conclut Iroux. Bien le bonsoir à tous.

Il s'éloigna. Marguerite s'était, aux premiers mots, réfugiée dans les bras de Paul. Elle sanglotait.

La guerre!... c'est-à-dire la catastrophe, la fin d'un rêve...

La guerre!... c'est-à-dire la séparation, les horreurs, les transes, les angoisses...

Paul, silencieux, se penchait sur celle qu'il voyait déjà sienne l'instant d'auparavant, et qu'il n'épouserait que plus tard... qui sait? Peut-être jamais...

Il fallait dire adieu au bonheur, rompre avec la quiétude, se comprimer le cœur... Il fallait partir...

Partir!... Comme cela, tout d'un coup, sans y avoir été préparé...

Marguerite leva des yeux fous sur le jeune homme.

— C'était trop beau! articula-t-elle d'une voix effrayante.

M. Destieux demanda :

— Qu'allez-vous faire, Paul?

— Je pars, répondit ce dernier. Je ne vous cache
pas que je suis bouleversé... mais je pars... Le devoir est le devoir, et la France a besoin de moi...

Il ajouta, farouche :

— Mais nous les battrons et je reviendrai.

Puis, à Marguerite dont une angoisse horrible alté-
rait les traits :

— Du courage, aimée... Je souffre autant que vous...
C'eût été trop beau, en effet. La patrie exige de nous
une épreuve, une dure épreuve... Elle nous rap-
pelle sans ménagement que nous sommes à elle d'a-
bord. Mais je...

Paul s'arrêta. Marguerite ne l'entendait plus. Elle
s'était renversée en arrière et fût tombée si le jeune
homme ne l'avait retenue.

— Evanouie! fit-il.

M. Destieux se précipita.

— Pauvre petite! murmura-t-il.

Paul la souleva, l'emporta au château, la déposa
sur un divan. La vieille femme de chambre accourue
avec des sels, s'empressa. Marguerite revint lentement à elle.

Elle aperçut Paul, lui tendit les bras en souriant.

— Oui, mon aimé, dit-elle d'un voix douce, je
suis prête... Les témoins attendent, n'est-ce pas?...
Qu'on apporte ma robe...

— Dieu! s'écria M. Destieux, elle devient folle!

Marguerite tressaillit.

— Folle?... Je suis folle, mon père?... Alors mon
mariage... c'était un mensonge?... un rêve?...

Elle se redressait, hagarde. Le souvenir des minutes tragiques qui avaient précédé son évanouissement lui revint.

— Ah! oui... la guerre! dit-elle. Que maudits soient
les hommes!

— Ma fille! pria le vieillard, ma petite enfant...

— Votre fille a mal, haleta Marguerite. Votre petite enfant se révolte. C'en est trop, à la fin. On me
vole Paul... Je ne veux pas qu'on me le prenne...
Ils vont me le prendre... Paul, je t'aime... ne t'en va
pas, ne me quitte pas... Nous serons heureux, nous

irons loin, bien loin, nous fuirons le monde... Par-
tons... viens... L'égorgement n'est pas fait pour nous...
Nous sommes des paisibles, vois-tu. Vivre pauvres,
vivre n'importe où, mais vivre ensemble et toujours...
Horreur! les gens vont se ruer les uns contre les
autres et le sang va couler... Pourquoi? Pourquoi?
Ils ne t'ont rien fait, Paul, et tu ne leur as rien fait.
C'est épouvantable... Tu ne t'en iras pas... Si tu t'en
vas, je meurs... Tu es toute ma vie. Voyons, est-ce
vrai?

M. Destieux ouvrait la bouche pour répondre à la
jeune fille. Paul le tira par le bras.

— Non... laissez-nous seuls, dit-il à mi-voix.

Le vieillard se retira. Marguerite se jeta dans les
bras de son fiancé et eut une nouvelle crise de larmes.

Paul la pressa contre lui longuement. Dans cette
chambre où se voyaient des préparatifs de fête, ils
incarnaient tous deux la stupeur douloureuse; la fatalité pesait sur leurs épaules et les écrasait.

La jeune fille cessa pourtant de pleurer. Paul,
alors, entreprit de bercer sa douleur et de lui redon-
ner du courage.

— Je t'aime, tu le sais, dit-il avec émotion; nous
sommes un par le cœur, nous le demeurerons par la
pensée...

Elle se redressa.

— Ainsi, fit-elle, vous partez?... Vous m'abandon-
nez?

— Non, Marguerite, je ne vous abandonne pas.
Réfléchissez. Dites-vous qu'à l'heure où nous regar-
dons le destin en face, d'autres fiancés se lamentent comme vous et, comme vous, doivent remettre
à plus tard une union qui leur était chère. Qu'ad-
viendrait-il de la France si tous les jeunes gens dans
mon cas trahissaient le devoir? De quelle lâcheté
ne se rendraient-ils pas coupables? Vous avez aussi
bien que moi le sentiment de l'honneur. Vous ne
voudriez pas, j'en suis sûr, d'un mari déshonoré. Je
sais quelle douleur est la vôtre. Regardez-moi... je
souffre aussi, mais je me contiens. Demain, quand je
ne serai plus là, vous vous direz : « Il combat pour
moi, pour que mon père continue à vivre et à me

chérir, pour que Fenouville nous reste. Il murmure mon nom le soir, il ne m'oublie pas, il ne marchande ni son temps ni sa peine pour que nous soyons heureux un jour. Il a besoin de toutes ses forces et de tout son courage. Et moi, ne vais-je pas me montrer courageuse pour qu'il souffre moins de la séparation ? » Oui, vous vous direz cela demain...

— Pas demain... tout de suite, fit Marguerite. Vous avez raison, Paul. Le devoir exige que nous refoulions nos larmes. Ah! je ne savais pas avant ce jour ce que c'était que le devoir! Vous avez raison, il faut être forte. Je le serai... J'essayerai, je vous le promets... Cette horrible guerre me donne le frisson... mais vous en reviendrez, je le sens, je le veux...

La jeune fille se raidissait contre le désespoir qui l'assaillait par instants et lui serrait la gorge. Elle ne se révoltait plus contre l'idée d'une séparation depuis que son devoir de Française lui était apparu. Elle s'efforçait même de sourire; mais les larmes étaient encore bien près des yeux.

Paul la quitta pour aller boucler ses malles. Le fascicule de mobilisation depuis longtemps libellé consignait un ordre bref et précis : Termond devait rejoindre son corps « immédiatement et sans délai ». Il resdescendit bientôt en tenue de voyage.

M. Destieux lui serra la main avec effusion.

— Nos vœux vous accompagnent, lui dit-il.

— Embrassez-moi, fit Paul.

L'accolade des deux hommes, en ces circonstances tragiques, avait quelque chose de poignant. Marguerite attendait auprès de l'auto qu'on avait tirée du garage. Elle tenait sa promesse; elle était héroïque.

— Prenez ceci, dit-elle à voix basse. C'est mon portrait...

Ils eurent une dernière étreinte et, réunis l'un et l'autre jusqu'au tréfonds de l'être, ils échangèrent le baiser d'adieu...

Une minute plus tard, l'auto franchissait le grand portail et ronronnait sur la route.

Marguerite le vit s'éloigner, s'estomper dans la poussière, ne devenir qu'un nuage blanc, un flocon de seconde en seconde plus imprécis...

La route redevint déserte...

La jeune fille rentra, la tête basse.

Dans sa chambre, loin de tous, elle s'assit, accablée.

— Mes pauvres robes, dit-elle, et toi, mon collier, vous dormirez longtemps avant qu'il ne revienne!

« Il est parti!... parti!... »

La fièvre lui brûlait les tempes, ses yeux se creusaient... Elle se releva.

— Eh bien, fit-elle, qu'ai-je promis?... Je dois être forte. Triomphe de ta douleur, Marguerite. Ne pleure pas... Il reviendra. Sois fière de lui, et qu'il soit fier de toi...

CHAPITRE III

POUR LA FRANCE

Les jours qui suivirent donnèrent au monde le spectacle d'une France dressée face aux agresseurs pour la défense de son droit menacé.

De toutes parts, les hommes, oubliant leurs querelles de la veille, accouraient dans les casernes, endossaient l'uniforme et partaient en chantant pour la frontière.

De la Meuse aux Vosges des régiments s'ébranlaient, se massaient, prenaient position.

Déjà le canon faisait retentir les campagnes de sa voix sourde et profonde.

Les soldats frémissants chargeaient leurs armes et se bronzaient le cœur sous les premières rafales d'obus.

La mêlée se dessinait peu à peu, s'étendait, tournoyait avec la fumée des batteries.

La grande, la gigantesque bataille qui mettait aux prises deux forces antagoniques, la barbarie et la civilisation, était partout engagée.

Au centre de cette furie cyclopéenne, le lieutenant Paul Termond payait magnifiquement de sa personne.

Il avait, dès la première heure, conquis le respect et l'admiration de ses hommes.

Alors que les shrapnells faisaient rage au-dessus des têtes et que les balles des mitrailleuses se succédaient en sifflements rapides, le jeune officier était allé, seul, au mépris du plus grand danger, reconnaître une position ennemie. Cette position, nos soldats l'avaient enlevée peu après.

L. E. — DÉMASQUÉS.

Ils en parlaient, le soir, au cantonnement, comme d'une chose toute naturelle.

— C'est le lieutenant qui nous a mis du cœur au ventre, disaient-ils.

— C'est un lapin, y a pas.

— On le suivrait partout.

Paul, à l'écart, n'entendait pas ces louanges. Accoudé à l'extrémité d'une table, il songeait.

Sa pensée fuyait vers Fenouville. Le souvenir des jours bienheureux le hantait.

Pendant l'action il avait combattu de toutes ses forces, en soldat pour qui la vie ne compte pas. L'objectif à atteindre le fascinait; les hommes à guider, puis à enlever tendaient ses facultés vers le corps à corps et la charge furieuse.

A présent, loin du combat, il redevenait lui-même. Sous l'uniforme du lieutenant battait le cœur du fiancé.

— Marguerite!... murmurait-il.

Ce nom contenait du soleil et de l'espérance... toute l'espérance...

— Marguerite je te vois, je te suis dans les allées du parc... Sens-tu ma pensée frôler la tienne?

A ce moment le sergent vaguemestre parut.

— Mon lieutenant... dit-il en tendant un pli.

Paul tressaillit. Cette enveloppe... cette écriture fine et régulière... C'était une lettre de Marguerite...

Il décacheta fiévreusement et déplia la feuille... Une fleur tomba qu'il ramassa et porta à ses lèvres. Puis il lut.

La jeune fille, sous une apparence d'enjouement, laissait parler sa détresse. Elle disait :

Mon aimé,

Je reviens, avec la permission de mon père, au tutoiement si doux (que j'ai employé dans une minute d'exaltation blâmable) et qui nous rapproche davantage l'un de l'autre. Nous avions un jour à attendre encore avant de nous dire « toi ». Sans la guerre nous serions unis maintenant, et je porterais ton nom. C'est à donner le vertige. Depuis ton dé-

part j'erre, dans le grand château que tu connais, comme une âme en peine. Tout m'y parle de toi, j'y respire encore l'atmosphère de bonheur si près et pourtant si loin de nous. Les raquettes du tennis sont à l'endroit où nous les avons laissées; je n'y toucherai pas avant ton retour. De même pour la chaise que tu avais placée sous le gros ormeau du parc, tu sais, près de la grille, et où je m'asseyais tandis que tu prenais des croquis, à quelques pas. Ma vie ne sera faite que de souvenirs doux à pleurer; elle se partagera en deux parts égales : songer à toi et encore songer à toi. J'ai promis d'être courageuse et je m'efforce de l'être. Je n'ignore pas la grandeur de ta tâche et j'arrive à fermer volontairement les yeux sur les dangers sans nombre que tu vas courir en combattant pour la France! Mais je veux que tu lises en moi et que tu saches que Marguerite, ta fiancée, redevient parfois la toute petite fille qu'elle était autrefois, et qu'elle a des terreurs qu'elle ne peut toujours surmonter. C'est le soir que les fantômes inquiétants me hantent. Quand nous sommes dans la salle à manger, papa et moi, et que la lumière éclaire la nappe, les assiettes, l'argenterie, une voix, que je suis seule à entendre, me dit : « Eh bien? où est-il? Que fait-il? Mange-t-il seulement? Aura-t-il tout à l'heure un lit pour s'étendre? Ne veillera-t-il pas au coin de quelque bois sinistre et n'exposera-t-il pas sa vie?... » Je voudrais te protéger, Paul. Je sais que tu es brave et j'en éprouve une belle fierté. Mais, je t'en conjure, ne t'expose pas inutilement. Tu te dois à la patrie, mais la patrie, c'est aussi Fenouville et ceux qui l'habitent. Tu m'as promis de revenir et tu reviendras. Je veux que tu reviennes. Alors, sois prudent.

Mon Paul bien-aimé, je divague. Mais tu ne me croirais pas si je t'écrivais sur le mode badin. Mes inquiétudes n'empêchent point que je sois confiante en l'avenir. Le sort serait injuste et cruel si, après nous avoir fait connaître les joies d'un amour infini, il nous condamnait l'un et l'autre à l'éternelle nuit. Je dis l'un et l'autre, et ce n'est pas à la légère. Sans toi, l'existence ne me serait qu'un fardeau trop lourd à porter. Mais nous nous retrouverons. L'horrible *cauchemar qui pèse sur mon cœur se dissipera. Mon père me l'affirme et je le crois de toute mon âme.*

Marguerite t'attend. Elle t'aime, elle n'aimera jamais que toi. Je mets sur tes yeux et sur ton front de longs baisers attendris. Je me blottis dans tes bras et tu me berces.

Toute à toi et pour toujours, mon grand.

Ta petite fiancée.

Paul lut de bout en bout, puis relut la missive bénie, la première qu'il eût reçue depuis qu'il était en campagne.

Les lignes tracées d'une main fiévreuse et parfois tremblante évoquaient si bien l'image de celle qu'il avait laissée, là-bas, éplorée, brisée de stupeur et cependant animée d'un beau courage!

Comme s'il eût voulu lui parler, la rassurer, endormir ses craintes et sa peur!

Marguerite avait besoin qu'on dissipât ses angoisses. Celles-ci devaient s'augmenter du silence que le jeune officier avait, bien malgré lui, gardé pendant ces derniers jours.

Depuis que Paul avait quitté le dépôt, les marches de nuit succédaient aux combats acharnés. Les hommes se reposaient quelques heures à peine et repartaient jouer dans le grand drame leur rôle de héros.

Ce soir-là, pourtant, le régiment de Termond ne se trouvait pas en première ligne.

Le jeune homme en éprouva une vive satisfaction. Il allait pouvoir oublier pour un temps l'âpre lutte qui l'avait pris tout entier jusqu'ici et se consacrer à l'aimée.

Il ouvrit son porte-carte, tira une feuille de pa-
Puis il écrivit:

Ma mienne,

Rassure-toi, nous avons vu le feu mardi, nous l'avons revu le mercredi et les jours suivants, et je ne m'en porte pas plus mal.

Le métier de soldat est un rude métier, mais la

vie au grand air ne fait courir à ma petite santé aucun risque. Je suis prudent et tes recommandations là-dessus prêchent un converti. Je suis entouré de braves gens,, d'ailleurs, qui ne permettraient pas que je commisse des imprudences. Gustave Iroux, le garde de Fenouville, appartient à ma section; le cher homme a voulu se faire mon ordonnance et il veille à ce que rien ne me manque! Surtout, n'aie pas peur. N'ai-je point le talisman que tu m'as donné? Ta chère photographie est sur mon cœur; elle le réchauffe et me protège. Je lui parlais hier soir, à ta photographie, et je te demandais : « Ma petite Marguerite à moi, quand m'écriras-tu? » La réponse vient de m'arriver à l'instant.

Oui, le tutoiement est doux, et ton père est bon de nous le permettre. « Je t'aime » est plus attendri, plus intime, plus profond que « je vous aime ». Si je m'écoutais je noircirais des pages et des pages de ce « je t'aime » qui domine en moi et annihile toute autre pensée.

Ecris-moi souvent et sois sans effroi si mes lettres, à moi, t'arrivent de façon irrégulière. Je profiterai des heures de repos que nous aurons pour te donner de mes nouvelles. Jusqu'à présent le repos n'est pas ce qui nous a le moins manqué.

Mon adorée, sois courageuse et confiante. Mes baisers endorment tes inquiétudes de petite fille et mettent dans les yeux de ma fiancée la flamme que j'y ai vue lorsque nous croyions au bonheur immédiat et que j'y retrouverai au retour, c'est-à-dire bientôt.

Oui, à bientôt.

Ton Paul.

Le jeune homme cacheta et mit l'adresse. Puis il appela Gustave Iroux.

L'ancien garde attendait, à quelques pas, que l'officier eût terminé sa lettre.

— Voilà, mon lieutenant, dit-il en s'approchant. A remettre au vaguemestre, n'est-ce pas, mon lieutenant? C'est pour mademoiselle, pardine. Elle va être heureuse, mademoiselle!

— Dépêche-toi, fit Paul.

— Soyez tranquille, mon lieutenant, on va galoper.

Iroux s'éloigna rapidement. Il venait de disparaître quand le capitaine de la compagnie entra dans la salle basse où se tenait Termond.

Ce dernier salua.

— Mon cher, dit le capitaine, j'ai fait au commandant du bataillon un rapport fidèle de vos exploits...

— Mes exploits?... vous exagérez, mon capitaine, sourit Paul.

— Du tout, du tout. Je vois en vous un chef aussi vaillant qu'avisé. Vous nous avez tirés ce matin d'une passe rudement dangereuse. Nous aurions tous « trinqué », si vous ne vous étiez porté avec votre section au point critique. Je vous dois, pour cela, des remerciements personnels...

— N'en parlons plus, mon capitaine, dit Paul.

— Soit, fit le capitaine; mais vous aurez la croix. En attendant, je suis venu vous dire que le colonel vous demande.

— Le colonel?

— En personne.

— Que me veut-il?

— J'ignore. Il vous le dira lui-même.

— Bien, j'y vais... Seulement je devais être de ronde à neuf heures...

— On vous remplacera, dit le capitaine.

Paul serra la main de son supérieur et gagna la rue.

Le colonel logeait à la mairie, c'est-à-dire à l'autre bout du village.

Termond traversa la bourgade et franchit bientôt le seuil de la porte de la maison commune.

Il pénétra, sur les indications d'un factionnaire, dans une chambre au centre de laquelle deux hommes, deux militaires, s'entretenaient avec animation.

L'un de ces militaires était le colonel. L'autre avait trois étoiles sur la manche et des feuilles de chêne au képi.

Paul salua.

— Mon général, dit le colonel, je vous présente le lieutenant en question.

Le général darda sur le jeune homme un regard perçant.

— Lieutenant Termond? demanda-t-il.

— Oui, mon général, répondit Paul.

Il y eut un silence. Le général ne cessait de fixer le nouveau venu. Il éleva de nouveau la voix :

— Avez-vous peur de mourir?

— Non, mon général.

— Je sais, poursuivit le grand chef, que vous êtes un brave.

Paul ne broncha pas.

— Vous l'avez prouvé... Vous êtes, de plus, intelligent et adroit...

Paul s'inclina.

— J'ai confiance en vous, dit le général. Et je veux vous charger d'une mission secrète.

— A vos ordres, mon général, articula Paul.

— Voici, fit le commandant de corps d'armée. Nous sommes espionnés...

Paul tressaillit.

— Espionnés, mon général?

— Nous le sommes depuis huit jours au moins. Quoi que nous fassions, et quelque rapidité que nous apportions à manœuvrer, l'ennemi est toujours averti de nos mouvements.

« Je ne mets pas en doute la loyauté des officiers qui combattent sous mes ordres.

« Je ne soupçonne pas davantage nos soldats.

« Mais il doit y avoir, dans la contrée, quelqu'un qui nous surveille... un Allemand déguisé en paysan, peut-être, ou quelque chose d'approchant.

« Je compte sur vous pour éclaircir ce mystère.

« Vous avez quarante-huit heures pour mener votre enquête.

« Liberté la plus absolue d'agir... Prenez-vous-y comme bon vous semblera...

« Voici un laissez-passer en règle signé de ma main.

« Allez, lieutenant Termond. Entourez-vous de précautions et démasquez le traître ou les traîtres... Vos investigations devront porter plus particulièrement sur la commune de Saint-Pré en avant de laquelle nous nous battrons demain et après-demain. »

Le général se tut. Il tendait un papier que Paul prit aussitôt.

Le lieutenant, tout flatté qu'il était de se voir choisi pour une mission de cette importance, paraissait soucieux.

— Mon général, dit-il...

Le chef eut un mouvement de surprise.

— Quoi, lieutenant, hésiteriez-vous?

— Je n'hésite pas, mon général. Mais...

— Mais quoi?

— Je puis ne pas réussir, ainsi que vous le souhaitez, et mourir avant d'avoir pu vous faire tenir les éclaircissements désirables...

— Alors?

— Il serait peut-être bon que je m'adjoigne un homme connaissant parfaitement la région.

— Oui.... en effet... En avez-vous un sous la main?

— Oui, mon général.

— Emmenez-le.

Paul salua de nouveau et se retira. Dans la rue il croisa Gustave Iroux.

— Votre lettre est partie, mon lieutenant, dit l'ancien garde-chasse. Faut-il vous préparer le repas froid pour demain matin?

— Il me faut, répondit Paul, une blouse et un pantalon de paysan pour toi...

— Hein? fit Iroux.

— Un complet-veston pour moi.

— Ah! bah!...

— Tu connais Saint-Pré?

— Comme ma poche.

— Alors, viens.

— Où ça?

— A Saint-Pré.

— Mais... mais... balbutiait Iroux.

— Je t'expliquerai tout en route... Ordre du général, dit Paul.

Le garde cessa de s'étonner tout haut et suivit Termond.

Dix minutes plus tard, mis au courant de la situation, le brave Iroux s'écria:

— Un espion!... Des espions!... A Saint-Pré!... Pardine, c'est possible... C'est certain.... On va rire, mon lieutenant, on va rire!...

CHAPITRE IV

LE PIÈGE

Gustave Iroux n'avait pas tort de dire qu'il connaissait Saint-Pré comme sa poche.

Et, d'abord, pour s'y rendre, il fit prendre à Paul des chemins de traverse à peu près déserts.

Des sentinelles, de loin en loin, arrêtaient pourtant les voyageurs nocturnes. Elles les « reconnaissaient » aussitôt et les laissaient poursuivre leur route. Iroux bougonnait chaque fois:

— C'est du temps perdu... Si c'est pas malheureux de voir qu'on arrête le monde honnête pendant que la fripouille va et vient en liberté!... Par la grande route nous n'arriverions jamais avant le jour... Et il faut y arriver, mon lieutenant, il le faut...

Les deux hommes allongeaient le pas, s'arrêtaient un kilomètre plus loin, repartaient...

Ils atteignirent Saint-Pré un peu avant l'aurore. Iroux respira.

— Ça y est! sourit-il; on est sauvé.

Il n'entrait pas dans la bourgade, mais la contournait par le nord.

— Ici, mon lieutenant... Halte!... stop!...

Le garde s'arrêtait devant une ferme aux volets clos. Un chien vint le flairer aux mollets.

— Doucement, Clairon, souffla Iroux.

Le brave ordonnance frappait déjà à la porte. Une voix sourde de sommeil grogna de l'intérieur:

— Qui est là?

— C'est moi... Iroux....

— Iroux?... Gustave?

— Voui.

— Attends un peu.

La voix exprimait une surprsie joyeuse. Bientôt la porte s'ouvrit et un vieillard tenant une bougie allumée parut dans l'entre-bâillement.

Iroux souffla sur la bougie.

— Pas de réclame, dit-il.

Puis, se tournant vers Paul.

— Entrez, mon lieutenant.

Cinq secondes plus tard, la porte se refermait sur les nouveaux venus.

— Tu peux rallumer ta camoufle, invita Iroux.

L'homme qu'on avait réveillé frotta un allumette dans l'ombre. Bientôt la flamme de la bougie éclaira son visage ridé et ses yeux luisants de curiosité impatiente.

— Quoi que c'est? demanda-t-il. Comme te voilà, Iroux! T'es donc soldat, à c't'heure?

— Je le suis. Et toi, t'es toujours garde-chasse de Mme Wolfer?

— Pour sûr.

— Alors, voilà. On vient chez toi pour deux jours parce qu'il y a des espions dans le pays.

— Des espions, seigneur Dieu!... Ah! c'est donc ça?... Alors, vous allez bien boire un coup? J'vas quérir des verres. Ah! c'te guerre! ça tonne!... On entend ça depuis ici comme si qu'on y serait. C'est pitoyable!... Des espions, vous dites? Et moi, qu'est-ce que je peux bien faire dans tout ça?

— Où est ton fils? demanda Iroux.

— Dans les dragons... maréchal des logis.

— Ses frusques?

— Ici, dans l'armoire.

— Donne. Et prête-moi itou une blouse, un pantalon et un béret.

Le vieux éclata de rire.

— Ah!... voui!... pour un' bonne idée, c'est un' bonne idée!

Il ouvrait l'armoire, tirait les vêtements demandés.

Le fils était de la taille et de la corpulence de Paul. Le lieutenant changea de tenue pendant qu'Iroux, de simple biffin, redevenait paysan de l'Argonne.

— Maintenant, dit-il, mon lieutenant, faut plier les uniformes et les cacher pour de vrai.

— Y a t'une place exprès derrière mon lit, déclara le vieux.

— Et toi, compléta Iroux, *motus* sur toute la ligne. T'as rien vu, rien entendu.

— As pas peur.

Le jour arrivait. Iroux se glissa dehors tandis que Paul, qui ne comptait se mettre en campagne qu'un peu plus tard, s'étendait sur le lit du vieux et s'endormait.

Le vieux sortit peu après et alla, selon son habitude, rendre compte à Mme Wolfer de son emploi du temps de la veille.

Mais, ce matin-là, on ne l'introduisit pas tout de suite dans le bureau de la maîtresse du domaine.

Il dut attendre pendant trois bons quarts d'heure qu'Irma voulût bien le recevoir.

Elle lui fit dire enfin qu'il pouvait entrer.

— Rien de neuf, madame, articula-t-il.

Irma le regarda dans les yeux.

— Rien? Vous êtes sûr? demanda-t-elle.

— Pourquoi donc?... ben vrai... J'ai fait le tour de la propriété...

— Et vous n'avez rien découvert de suspect?

— Ma foi... non.

— Vous n'avez pas vu de soldats?

— Des soldats?... Y a eu des soldats?

Irma, qui était assise, se leva et toisa le vieux.

— Ne faites donc pas l'imbécile, dit-elle.

— Mais, madame...

— On est venu chez vous.

Le vieux resta béant.

— On est venu chez vous, répéta Irma Wolfer. J'ai le droit de savoir. Vous êtes garde, que diable, et je veux être renseignée par vous. Je vous paye... Oseriez-vous nier que quelqu'un...

— Je ne nie point, madame, je ne nie point... Mais je ne croyais pas... vous savez que mon fils est soldat... Il passait du côté de Ranceville, alors... il est venu m'embrasser, n'est-ce pas c't'enfant...

— Il était seul ?

— Ben sûr, qu'il était seul.

— C'est faux.

— Plaît-il?

— Vous mentez!

— Je...

— Vous avez reçu deux hommes.

Le vieux se prit à trembler.

— Mais qui vous a raconté... fit-il.

— Les empreintes que ces hommes ont laissées devant votre porte sont toutes fraîches. Vous m'avez menti et je vais vous donner votre congé...

— Madame, s'effraya le vieux, j'vas vous dire... Y a pas d'mal... C'est des amis qu'est venu trinquer ensemble... Gustave Iroux, le garde-chasse de M. Destieux, de Fenouville... J'vous jure que c'est réel...

Irma haussa les épaules.

— Allons donc!... Iroux n'est pas soldat.

— Si fait, madame... Il s'a engagé... C't'épatant, mais c'est comme ça.

— Et l'autre? interrogea Irma.

— L'autre ?

— Oui.

— Connais pas.

La veuve frappa du pied.

— Vous vous moquez de moi, gronda-t-elle.

— Non, madame, non... Quel malheur, tout de même, quand c'est si simple!... Seulement ils m'avaient fait promettre de me taire... A vous j'peux bien l'répéter tout de même, s'pas. Parce que vous êtes madame et que vous garderez l'secret. Mais vous ne me renverrez pas...

— Parlez, dit Irma.

— Vous me garderez, madame?

— Si vous parlez, oui.

— Eh ben, voici: Y a des espions dans le pays.

Irma blêmit.

— Des quoi? fit-elle.

— J'savais ben que ça vous remuerait, sourit le vieux. Moi, ça m'a tourné les sangs. Alors Iroux, qu'est soldat, et un lieutenant sont venus. Faudra pas l'dire. C'est un secret, vous comprenez?

— Je commence à comprendre.

— Si qu'vous alliez le faire savoir aux amis et connaissances les espions pourraient s'échapper. Faut pas qu'ils s'échappent, ah! non... Alors, madame, vous voyez que j'suis un dévoué. Vous n'me renverrez point?

— Non.

Le vieux, rasséréné, s'éloigna à reculons en multipliant les courbettes.

— Ça, fit-il quand il se retrouva seul, c'est plus fort que le jeu de bouchon. Comment madame a-t-elle appris qu'j'avais eu de la visite?

« Ça m'turlupine et ça m'dépasse! y a d'la sorcellerie là-dessous! »

Il courbait la tête et s'arrêtait parfois pour méditer. En rentrant chez lui il trouva Iroux qui causait avec Paul Termond.

Le garde de Fenouville n'avait pas perdu son temps. Il expliquait:

— J'ai fait un tour dans le village, parce qu'il faut vous dire, mon lieutenant, que je connais tout le monde ici.

« Les gens qui me croisaient sur le chemin me saluaient comme une personne amie. Je les repérais de loin : Voilà Mathieu, voilà le père Jacques, voilà... Mais qui donc voilà? Le brave homme qui traversait la place de l'Eglise ne me rappelait rien du tout. Il avait une blouse comme moi, un béret, des sabots; il se dandinait en marchant... attention, ouvrons l'œil... Pas vrai, mon lieutenant? Vous n'auriez pas fait comme moi?

— Après? dit Paul, ton brave homme?

— Mon brave homme rasait les murs, ce qu'était un mauvais signe. Il s'arrête devant la porte du médecin de Saint-Pré et rentre. C'était son droit, pour sûr, mais mon droit, à moi, était aussi de m'instruire. Je me poste donc dans une ruelle et j'attends... L'homme ne revenait pas. Alors je ne fais ni une ni deux. Je vais sonner chez le docteur. On peut bien être malade, souffrir de l'estomac ou des gencives?

Je sonne donc, et j'vous parie, mon lieutenant, que
vous ne devinez pas ce qui est arrivé...

— Le docteur a ouvert? fit Trmond.

— Non, mon lieutenant, il n'a pas ouvert. La porte
est demeurée close. Elle s'ouvrait pour le personnage
aux sabots et restait fermée pour moi.

— Ah! dit le jeune officier pensif.

— Mais il y a plus fort, déclara Iroux.

— Plus fort?

— Je me suis renseigné auprès des voisins. Le
docteur est mobilisé.

— Tiens, tiens...

— C'est son cousin qui habite à présent la maison.

— Son cousin? hum! Tu pourrais bien, Iroux,
avoir mis du premier coup la main sur celui que
nous recherchons.

— Il est Alsacien, à ce qu'on dit. On ne l'a jamais
vu dans le pays, mais il est plus patriote que vous
et moi, sauf qu'il ne se bat pas, bien qu'il soit assez
jeune, grand et fort...

— Tu l'as vu?

— Non, mais on m'a fait son portrait.

Le vieux garde d'Irma Wolfer intervint:

— Pour sûr, qu'il est jeune, et grand, et fort! Un
original fini. Maintenant que j'y pense, je m'explique
la chose de tout à l'heure.

— Quelle chose? demanda Paul.

— Faut vous expliquer, poursuivit le vieux, que
l'cousin au docteur est un chasseur enragé. Y passe
les trois quarts de son temps et la moitié de l'autre
quart à courir les champs et la forêt. Y dit qu'c'est
son habitude, son bonheur, sa vie. On croit, dans
l'pays, qu'y voudrait s'marier avec ma maîtresse,
rapport à ce qu'il va au château de temps en temps...

— Mais la chose? insista Paul.

— La chose?... Ah! voui... C'est lui qu'a dû éven-
ter vos traces...

Termond et Iroux tressaillirent.

— Parce que, dit le vieux, la dame du domaine
m'a parlé de vous... Elle sait qu'il y a deux hommes
ici... Mais elle n'en causera à personne parce que
c'est un secret.

Paul hocha la tête.

— Notre tâche devient singulièrement malaisée, dit-il. Mais je ne désespère pas de la mener à bien. Je vais sortir à mon tour...

— Sortir? fit Iroux. Ne craignez-vous pas, mon lieutenant, que votre présence éveille la défiance des gens que nous surveillons?

— Leur défiance est déjà éveillée puisque nous sommes signalés, remarqua le jeune homme.. Je ne dois pas me cacher maintenant... D'ailleurs, j'ai mon plan. Ne m'attendez pas pour déjeuner.

Il ouvrit la porte et s'éloigna. A moins de cent mètres le château de Saint-Pré, que dans la contrée on appelait le domaine, dressait ses murailles grises parmi les frondaisons et les lierres.

Paul alla tout droit sonner à la grille.

Irma Wolfer parut sur le perron après que le jeune homme fut entré. Son visage, qui manifestait, semblait-il, quelque inquiétude, s'illumina à la vue du visiteur.

— Vous? mon cher! s'écria-t-elle.

— Moi, dit Paul.

— C'est gentil de ne m'avoir pas oubliée...

Elle tendait la main à Paul.

— Je pensais à vous il n'y a pas longtemps encore, déclara-t-elle en entraînant le jeune homme vers le château. La guerre a tellement bouleversé les gens et les choses! Je me disais : Qui sait où est M. Termond!

— M. Termond se battait, sourit Paul.

Irma s'arrêta.

— Ah! bah! fit-elle.

Elle l'enveloppa d'un regard de doute.

— Parole d'honneur. Je suis soldat.

— Soldat, vous?... Et votre uniforme?

— Au vestiaire, pour l'instant. Connaissez-vous Iroux?

— Le garde-chasse de M. Destieux?

— Justement. Il est soldat aussi, et il m'accompagne. Le hasard a voulu que nous passions par Saint-Pré...

— Merci pour le hasard, articula Irma avec quelque aigreur.

— Je dis les choses telles quelles sont, fit Paul, et

je n'attendrais pas plus longtemps pour vous avouer que ma visite est intéressée.

Ils arrivaient au château. La jeune veuve fit pénétrer Paul dans un salon d'une élégance criarde.

— Asseyez-vous, dit-elle. Une visite intéressée?... Je ne comprends pas...

— Je désirerais avoir des renseignements sur un monsieur...

— Quel monsieur?

— Ah! voilà... C'est que je ne le connais pas.

— Son nom?

— Je l'ignore.

— D'où est-il?

— Je ne sais. Il habite Saint-Pré depuis quelques semaines seulement et il se dit cousin du docteur...

— Très bien... j'y suis... il vient ici quelquefois et il me fait la cour. Entre nous, mon cher, je ne suis guère flattée des assiduités du monsieur... ce doit être un espion.

— N'est-ce pas?

— Il m'en a tout l'air. Il est jeune et bien portant; il est le plus souvent en courses...

— Il se nomme ?

— Stockmann, Karl Stockmann.

— Vous êtes l'obligeance même.

— Je n'y ai aucun mérite. Ce Stockmann m'est insupportable et vous me rendriez grand service si vous réussissiez à l'éloigner de ma demeure. Vous savez, mon cher, que vous occupez plus que jamais mes pensées...

— Soyons sérieux, dit Paul. Karl Stockmann vous a-t-il fait des confidences telles que vous puissiez le prendre pour un agent de l'Allemagne?

— Lui? des confidences? On voit que vous ne le connaissez pas. Son attitude est louche, et voilà tout. Maintenant, si vous désirez en savoir davantage, rien n'est plus facile.

Paul tendit l'oreille.

— Voici une clef, dit Irma. C'est celle de la porte de l'habitation du docteur. Stockmann a eu l'impudence de me la confier en m'invitant à aller le voir chez lui. Il ne se passe guère de jour qu'il ne vienne me reprocher de ne pas répondre à l'invita-

tion. Il viendra cet après-midi... Je lui laisserai en
tendre que, ce soir, je serai, comme il dit, moins
cruelle.

« Prenez la clef. Vous irez là-bas à ma place. Dé-
barrassez-moi du gêneur.

« Seulement, prenez aussi vos précautions. Stockmann est armé pour la lutte, si j'en juge par sa car-
rure, et je ne le crois pas homme à s'embarrasser
de scrupules pour supprimer un gêneur.

— Soyez tranquille, sourit Paul.

— Et maintenant, mon cher, parlons un peu de
vous... je vous retiens à déjeuner, d'abord... vous ac-
ceptez?

Le jeune homme accepta. Et pendant le repas il dit,
avec la plus entière franchise, ses fiançailles avec
Marguerite, le contre-temps qui avait empêché le
mariage, l'espoir qu'il nourrissait d'une fin prochaine
de la guerre, laquelle se terminerait par l'éclatante
victoire de la France sur l'empire du kaiser.

— Guillaume a ses espions, termina Paul, mais
nous démasquerons les traîtres et nous vaincrons.
Nos soldats sont admirables...

— Vous ne buvez pas! coupait Irma en emplis-
sant le verre du jeune officier.

Celui-ci tenait à conserver toute sa lucidité d'esprit. Outre qu'il était naturellement sobre, il ne
voulait pas, pour obliger sa voisine, boire plus que
de raison un jour où il avait besoin de toutes ses
forces et de tout son sang-froid.

Il se retira peu après le dessert et revint à la
maison du vieux garde.

— C'est pour ce soir, dit-il à Iroux.

— Vous avez des « tuyaux », mon lieutenant?

Termond conta ce qu'il savait. Le vieux écoutait
attentivement.

— M'est avis, fit-il, que nous ne serons pas trop de
trois pour venir à bout du Stockmann et le désarmer.

« Pour moi, cet homme doit être résolu à tout...

— Il ne pèsera pas lourd dans nos mains, déclara Iroux. Je voudrais être déjà là-bas... Six heures
encore avant qu'il fasse nuit... C'est long !

Le reste de l'après-midi leur parut interminable. Le crépuscule vint enfin, puis la nuit noire.

Paul, Iroux et le vieux se glissèrent dehors.

Ils allaient, dans les ténèbres, sans bruit, tendant le cou, satisfaits de ne rencontrer âme qui vive dans la rue.

Devant la maison du docteur ils firent halte.

Paul tira de sa poche la clef qu'on lui avait confiée, l'introduisit sans peine dans la serrure, tourna, exerça une pression contenue...

La porte s'ouvrit silencieusement.

Le jeune homme pénétra dans un corridor fort sombre; derrière lui, Iroux et le vieux s'étaient glissés. Ce dernier refermait la porte.

Les trois visiteurs firent quelques pas en avant.

— Tournez à droite, au fond, chuchota le vieux. J'connais la maison... Tournez à droite parce que c'est là qu'il...

Le vieux n'en dit pas davantage.

Des gens dissimulés dans la maison venaient de surgir brusquement...

Ils se précipitaient sur les nouveaux arrivants.

Il y eut, dans le corridor ténébreux, des piétinements, des jurons, une courte lutte...

Paul surpris tout d'abord avait bondi en arrière en sentant une main se poser sur son bras droit.

Du poing gauche, il avait envoyé rouler son agresseur.

Mais d'autres s'étaient élancés sur lui, l'avaient saisi, maîtrisé, maintenu....

— A moi! cria-t-il.

— Malheur! fit Iroux en écho.

Le brave ordonnance avait été assailli de son côté. Il ne pouvait venir au secours du jeune homme.

Quant au vieux, il gisait sur le carreau, assommé d'un coup de matraque.

A cet instant la porte du fond du corridor s'ouvrit et un flot de lumière inonda le couloir.

Un personnage sur le visage duquel Paul mit aussitôt un nom parut et dit :

— Avancez!

Les prisonniers furent poussés dans le cabinet de travail du docteur.

Stockmann, qui présidait à la cérémonie, tenait un revolver à la main.

— Bonsoir, messieurs, railla-t-il; c'est aimable à vous d'être venus me voir...

Il ajouta :

— Je vous attendais.

— Nous sommes trahis! dit Paul. Trahis par Irma Wolfer!

— Vous ne raisonnez pas mal, quoique tardivement, ironisa Stockmann. Irma a eu la bonté de me rendre un petit service...

Puis, à l'un des hommes qui maintenaient Termond :

— Fouillez-le.

Paul essaya encore de se débattre; mais les misérables qui s'étaient saisis de lui avaient la poigne solide. Il dut subir une fouille en règle. Son portefeuille passa dans les mains de Stockmann.

Le Boche étala les papiers de Termond sur le bureau et les examina un à un.

— Lieutenant, fit-il... j'ignorais ce détail... Et ceci, qu'est-ce?

L'espion élevait à la hauteur de son visage une feuille sur laquelle les mots « autorité militaire » se détachaient en gros caractères.

— Un laissez-passer! ricana-t-il. Voilà qui tombe à merveille!... Moi qui en cherchais un!... C'est charmant, charmant...

« Oh! oh!... une photographie! »

Stockmann venait d'atteindre le portrait de Marguerite

— Jolie!... adorable!... dit-il. Quel sourire! Quels yeux!...

Paul, outré, ne put retenir une protestation.

— Faites-nous grâce de vos réflexions là-dessus, articula-t-il.

L'espion renchérit encore sur son admiration première:

— Une déesse... un morceau de roi... L'adorable enfant! Et elle s'appelle?...

Termond toisa le Boche.

— Je vous ferai rentrer vos insolences dans la gorge! grondait-il.

— Eh! mais... j'ai son nom de sa blague, reprit Stockmann en se saisissant de la lettre que la jeune fille avait envoyée à Paul. Marguerite! C'est doux à dire... Je serais volontiers le Faust de cette Marguerite-là. Vous avez bon goût, lieutenant!... Et quel style! quelle flamme amoureuse! « *Sans la guerre nous serions unis maintenant, et porterais ton nom.* » C'est à donner le petit vertige... voyez-vous ça!... « *Depuis ton départ, je rôdais dans le grand château comme une âme en peine...* » Au fait, quel château?... Fenouville... Fenouville... Mais oui, mais oui!... »

Stockmann interrompit sa lecture pour se pencher sur une carte d'état-major à demi déployée.

— Fenouville, murmura-t-il. Mais c'est délicieux!

Il revint aux papiers de Paul, les passa tous en revue.

— C'est bien, fit-il ensuite. Je suis renseigné autant qu'on puisse l'être. Paul Termond, vous n'êtes pas plus lieutenant que je ne suis prédicateur.

Paul se redressa.

— Vous êtes tout bonnement un espion, dit-il à Stockmann.

Termond frappa du pied.

— Sinistre bandit! clama-t-il, vous osez m'insulter, vous, un Allemand, un...

— Pardon, coupa Stockmann, si vous étiez officier français ainsi que vous voudriez le laisser supposer, vous auriez un uniforme et des galons.

Paul haussa les épaules.

— Nous sommes en guerre, distilla le Boche, vous savez qu'on ne pardonne pas à ceux qui dissimulent leur véritable qualité. Vous veniez dans l'intention de vous défaire de moi, qui suis votre ennemi. Vous avez manqué votre coup. C'est donc moi qui vais me défaire de vous.

— Vous disposez de ma vie, en apparence, tout au moins, dit Paul.

— En apparence, glapit Stockmann. Je vais vous faire voir si c'est en apparence!

Il braqua son revolver sur la poitrine du prisonnier.

— Je n'ai qu'à presser la gâchette et vous n'êtes

tez plus, dit le Boche. Vous avez de la chance que je sois magnanime. Voulez-vous vivre?

Paul ne répondit pas.

— Je puis vous accorder votre grâce, articula lourdement Stockmann. A une condition: c'est que vous me prouverez que vous êtes réellement lieutenant.

Termond éclata d'un rire martelé.

— La ruse est grossière, dit-il ensuite. Vous avez déjà mon laissez-passer et vous voudriez mon uniforme.

Stockmann hocha la tête.

— Tant pis pour vous, je vais tirer...

— Encore une erreur, fit Paul.

— Hein?...

— Vous ne tirerez pas.

— Je ne tirerai pas?

— Non.

— Et pourquoi?

— Parce que la détonation ameuterait le voisinage et qu'alors vous seriez perdu.

Stockmann eut une rapide grimace de dépit.

— Votre logique est serrée, dit-il, mais elle ne vous sauvera pas.

« Emmenez-le, vous autres!...»

Les comparses de l'espion, à qui s'adressait cet ordre, bandèrent les yeux du prisonnier et lui mirent un bâillon. Puis ils l'entraînèrent.

Le Boche alors s'approcha de Gustave Iroux.

— Et celui-là? fit-il, qu'a-t-il dans les poches?

Iroux possédait en tout et pour tout une pipe, un paquet de tabac de cantine et quelques pièces de menue monnaie.

— C'est peu, grogna Stockmann. Mais tu sais où sont les vêtements militaires de ton maître.

— Pour sûr, répondit Iroux.

— Dis-le.

— A toi, un sale espion? Tu ne m'as pas regardé!

Stockmann pâlit de colère.

— L'insolence du patron déteint sur le domestique! fit-il.

— Domestique! s'écria Iroux. Il n'y a pas de do-

mestiques dans l'armée française! Il n'y a que des
soldats! Je ne suis le domestique de personne!

— Ah! ah! ah! ricana Stockmann. Eh bien, soit.
Tu vas nous dire librement...

— Coupez-moi la langue, arrachez-moi les yeux,
faites de moi ce que vous voudrez, lâches que vous
êtes. Vous ne saurez rien, rien, entendez-vous? Je
vous méprise et vous me dégoûtez...

— Parfait, articula l'espion. Nous nous retrouverons avant longtemps. Je suis trop pressé en ce moment pour régler ton compte.

Puis, aux hommes qui empêchaient Iroux de se
mouvoir :

— Allez!... comme de l'autre!...

Les hommes disparurent. Stockmann demeura seul.

Il prit une lampe et se rendit dans le couloir pour
se rendre compte des traces que la lutte précédente
avait laissées.

Il aperçut, étendu près de la porte, le vieux garde
d'Irma Wolfer.

Ce lui fut une révélation.

— Parbleu! j'aurais pu épargner ma salive et mes
menaces, murmura-t-il. Irma ne m'a-t-elle pas dit que
nos détectives d'occasion étaient descendus chez ce
vieux fou?

« C'est là-bas que je trouverai tout ce qu'il me
faut.

« Le vieux, d'ailleurs, sera moins dur à la dé-
tente que les autres. »

Stockmann se penchait, secouait le vieillard, l'appelait doucement:

— Eh! là!... l'ami!...

L'ami ne bougeait pas. Stockmann approcha un
peu plus la lampe et se pencha davantage.

Il étouffa alors une exclamation.

— Mort!

Le vieux, en effet, avait cessé de vivre.

— Ils ont cogné un peu fort, se dit l'espion. C'est
plutôt ennuyeux...

« Heureusement qu'il fait nuit... »

Il examina le cadavre et constata avec une évi-
dente satisfaction que les violences n'avaient laissé
nulle marque apparente.

— Rien n'est perdu, marmotta Stockmann en se relevant.

Il alla déposer la lampe sur le bureau, revint, chargea sur ses épaules le vieux dont les membres déjà se raidissaient... Puis il sortit et s'achemina, aussi rapidement que le lui permettait son lugubre fardeau, vers la petite maison où, le matin, Paul Termond et Iroux étaient entrés.

En y arrivant il fut salué par des aboiements furieux.

— Allons... bon... le chien ! grommela Stockmann.

La brave bête inquiète de ne pas voir son maître, rôdait dans les environs quand l'espion était apparu. Elle sautait, jappait, flairait Stockmann et protestait à sa manière contre l'attentat dont le garde d'Irma Wolfer avait été victime.

Le Boche essaya de le calmer. En vain.

Il ouvrit la porte et déposa le vieux sur le lit dont la blancheur des draps se voyait dans la pénombre.

Le chien s'accroupit sur le carreau de la salle et ne fit plus entendre que des plaintes étouffées.

— A la bonne heure ! murmura Stockmann en tirant d'une de ses poches une lampe électrique. Cherchons... les effets du lieutenant ne doivent pas être loin...

L'espion ouvrit l'armoire, fureta de droite et de gauche, remettant à leur place les objets après les avoir dérangés.

Ses mains tremblaient. Il s'arrêtait parfois pour écouter... Il était, en somme, à la merci d'un hasard, d'une visite fortuite... Il ne se sentait rassuré qu'à moitié...

— J'ai tout vu sauf le lit, se dit-il après avoir inventorié les hardes et les torchons dont le vieux se servait. Je ne suis qu'un imbécile. J'aurais dû commencer par le lit...

Il promena le faisceau lumineux sur la couverture et les rideaux, scruta des yeux la ruelle...

— Enfin ! soupira-t-il.

Il venait d'apercevoir un paquet enveloppé de serviettes, d'où dépassait le pommeau d'un sabre.

Il n'eut qu'à se baisser pour prendre.

— Tout y est, constata-t-il après avoir développé

les vêtements, pantalon, dolman, képi... et même un uniforme de simple soldat dont je n'ai que faire.

« Emportons-le cependant. Il ne faut pas que cette capote aux boutons de cuivre puisse mettre la police française sur mes traces. Il est vrai qu'elle a d'autres occupations pour le moment, la police française... Le canon tonne à moins de vingt kilomètres d'ici... Mais un excès de précautions vaut mieux que l'excès contraire. »

Stockmann raflait le tout et quittait la maison aussitôt.

Dix minutes plus tard il se retrouvait dans le cabinet de travail du docteur.

Il s'assit, prit une feuille de papier, un porte-plume, et écrivit :

Surveiller étroitement les prisonniers.

Les exécuter si dans quatre jours je ne suis pas de retour.

Le vieux garde de Saint-Pré est « mort subitement ». Prendre à ce sujet les mesures utiles que dicteront les circonstances.

STOCKMANN.

Il mit le billet sous enveloppe, cacheta.

— Autre lettre, maintenant, dit-il tout bas avec un sourire étrange.

Il rédigea une seconde missive, s'interrompant, entre deux phrases, pour comparer son écriture à celle qu'il avait sous les yeux, et qui lui servait de modèle.

— Réussi, tout à fait réussi, songea-t-il quand il eut signé au bas de la page. Maintenant, bouclons notre valise, et en route pour de nouveaux exploits !...

CHAPITRE V

LE BLESSÉ

Marguerite se promenait à pas lents dans le parc de Fenouville quand un grondement sourd retentit dans le lointain.

Elle s'arrêta et tendit l'oreille.

— Avez-vous entendu, mon père? demanda-t-elle à M. Destieux qui lisait son journal à quelques mètres de là.

Le vieillard fit un signe affirmatif.

— Pas un nuage au ciel, remarqua la jeune fille. C'est pourtant un coup de tonnerre...

— Dis un coup de canon, mon enfant, rectifia M. Destieux.

Marguerite pâlit.

— Le canon ! dit-elle; on se bat!... la guerre... partout la guerre!... Ecoutez... le grondement se rapproche..

— Non, ma petite. Le vent vient de l'est aujourd'hui et nous apporte par bouffées des échos de bataille... Sois sans crainte; les Allemands ne viendront pas chez nous...

— Je ne tremble pas pour moi, déclara Marguerite. Mais... j'attendais une lettre hier...

— Et tu n'as rien eu? Tu seras plus heureuse aujourd'hui. Voici le facteur justement... Il s'arrête à la grille...

Marguerite se précipita vers le grand portail et y arriva comme le facteur tirait de sa boîte une lettre.

— C'est lui!... C'est Paul! s'écria la jeune fille.

Elle avait, du coup, oublié la canonnade. Elle décachetait fiévreusement et dévorait du regard les lignes que l'aimé avait tracées.

Ce papier, il l'avait touché; il venait de là-bas, de la fournaise... Il avait l'âcre odeur des combats et l'aspect d'une pauvre chose fragile maniée par des mains d'homme que l'action brutale prenait tout entier, ou presque. Les mots d'amour avaient, entre deux batailles, des résonnances de clairon et des attendrissements subits qui gonflaient le cœur de la petite fiancée.

M. Destieux demanda :

— Que te dit-il?

— Il se porte bien... il me tutoie... Il me dit d'être courageuse... Il ne commettra pas d'imprudences...

— Brave et noble jeune homme! murmura le vieillard.

— Je me sens rassurée... Son calme est communicatif. Je suis folle, mon père... Je passe de l'angoisse la plus profonde à la sécurité la plus absolue. Tantôt je me dis : « Les balles sont si traîtresses! » et tantôt je me figure qu'*il* est invulnérable et que notre chance ne l'abandonnera pas. Vous êtes allé à la guerre, vous, mon père, et vous en êtes revenu. Paul en reviendra aussi. Sa prudence me met du baume à l'âme... Mais qu'avez-vous, mon père? Pourquoi cet étonnement dans vos yeux?

M. Destieux, depuis quelques secondes, semblait ne plus écouter Marguerite.

Il regardait du côté du portail avec une attention à laquelle se mêlait quelque surprise.

La jeune fille se retourna.

— Ah! s'écria-t-elle, une voiture... Et un militaire dedans!... Si c'était lui!...

Le cœur de Marguerite battait à se rompre. La voiture était trop éloignée encore pour qu'on pût distinguer les traits du voyageur. C'en était un, assurément, à en juger par la volumineuse valise placée à côté du cocher.

— Si c'était lui! répéta Marguerite.

Cependant la voiture s'arrêtait devant le parc. Un officier en descendit. Il avait le bras gauche en écharpe.

— Un blessé! fit M. Destieux.

L'officier avait aperçu le vieillard et la jeune fille et les saluait de sa main valide. L'instant d'après les hôtes de Fenouville l'abordaient.

— M. Destieux, sans doute, et mademoiselle Marguerite? interrogea-t-il en s'inclinant. Je suis un camarade de Paul Termond et je viens de sa part...

— Entrez monsieur, entrez, dit le vieillard.

Le nouveau venu fit quelques pas en avant, puis, tirant une lettre de son dolman.

— Voici qui vous renseignera mieux que tous les discours que je pourrais vous tenir, dit-il.

Marguerite sentit une inquiétude nouvelle l'envahir. Elle n'osait demander : « Est-il blessé? » de peur d'une réponse affirmative.

Le vieillard venait de décacheter l'enveloppe. Il déplia le papier qu'elle contenait et lut à haute voix :

Cher monsieur Destieux,

Excusez la très grande liberté que j'ai prise en vous adressant l'un de mes meilleurs amis, le lieutenant Emile Stockfer. Il est sans famille, et blessé. J'ose vous le recommander. Ne sommes-nous pas tous unis pendant la grande guerre et ne devons-nous pas nous prêter une mutuelle assistance? Les Français ne forment qu'une seule famille. Stockfer a versé son sang pour la patrie et il mérite, à ce titre, que nous ayons des égards pour lui. Nous avons combattu côte à côte; c'est un brave doublé d'un cœur généreux. Je suis sûr que Marguerite serait contente de me savoir, dans un cas semblable à celui de mon ami, accueilli à bras ouverts, sur votre recommandation, par une personne de votre connaissance. l'acte de solidarité que vous allez accomplir à ma requête forcera la chance à nous sourire.

Je vous remercie d'avance et je m'excuse encore. Sentiments d'inaltérable affection à Marguerite, et

*à vous, cher monsieur Destieux, l'expression de mon
amitié bien dévouée.*

Paul Termond.

A cette lecture Marguerite battit des mains.

— Vous êtes le bienvenu, dit M. Destieux en souriant à l'officier. Termond ne vous a pas recommandé en vain à notre sympathie.

Stockmann — car c'était lui — s'inclina gravement.

— Paul m'avait dit que je trouverais à Fenouville un accueil chaleureux, déclara-t-il avec aplomb. Je vous avoue que j'hésitais...

— Un mauvais point pour cette hésitation, monsieur Stockfer, gronda doucement Marguerite. Vous êtes ici chez vous. Un ami de Paul ne peut qu'être un ami pour nous. L'on va faire monter votre valise...

— Ne vous donnez pas cette peine, protesta Stockmann. Il me reste un bras...

— Mais non, mais non...

M. Destieux s'était approché du cocher et prenait la valise. Stockmann n'insista pas.

— Veuillez me suivre, monsieur, invita Marguerite. Vous devez avoir besoin de repos. Votre blessure ne vous fait pas souffrir?... Nous préviendrons ce soir le médecin...

— Inutile, dit vivement l'espion. Le chirurgien a recommandé qu'on ne touchât plus à mon bandage. Je ne souffre pour ainsi dire pas... ma guérison n'est qu'une question de jours, mademoiselle, et je n'abuserai pas de l'hospitalité que si gracieusement vous m'accordez.

— Quoi ! protesta la jeune fille, vous parlez de vous en retourner, déjà?

— Mon congé n'est que de courte durée, articula Stockmann.

— Combien? demanda Marguerite.

Le Boche ne répondit pas directement.

— J'aurais voulu, quant à moi, qu'on m'autorisât à conserver ma place sur la ligne de feu. Dès que je me sentirai en état de combattre de nouveau, serait-ce dans trois jours, je partirai...

— La France mérite de vaincre car elle a de vaillants défenseurs, murmura la jeune fille.

Cependant ils étaient entrés dans le château. Marguerite passa devant, monta un escalier, s'arrêta devant une porte qu'elle ouvrit.

— Voici votre appartement, dit-elle.

— Et votre valise, ajouta M. Destieux qui arrivait au même moment.

Le faux blessé remercia ses hôtes et, dès qu'il fut seul, eut un large rire silencieux.

— A merveille, songeait-il. Ma ruse a parfaitement réussi. Me voici reçu à bras ouverts par des Français authentiques, moi, l'agent de la Wilhelmstrasse...

Le misérable promenait autour de lui un regard satisfait.

— Elégance et confort, poursuivit-il mentalement. Un lit moelleux, canapé, fauteuils... mes ennemis ne négligent rien pour me rendre agréable un séjour en France dont je n'étais pas, au début, sans redouter les effets. Vue superbe, fenêtre donnant sur un parc magnifique, ce qui est bien, et, par delà le parc, sur la campagne environnante, ce qui est mieux... L'on domine trois routes d'ici et l'on voit... Eh! mais de plus en plus intéressant...

Stockmann, s'étant approché de la fenêtre, apercevait dans le lointain des soldats marchant en colonne et se dirigeant vers la frontière.

Fenouville ne se trouvait qu'à quelques lieues en arrière de la ligne de combat.

Des troupes y passaient fréquemment. La région était propice à la concentration des régiments, et pas un jour ne se passait que les habitants n'eussent le spectacle d'un impressionnant défilé de fantassins, d'artilleurs et de cavaliers partant pour la fête tragique.

Marguerite, du château, les contemplait avec émotion. Sa pensée enveloppait de douceur ces mâles enfants de France qui allaient, en toute simplicité, offrir leur existence pour le salut du pays.

En elle vibrait le cœur de la patrie et tremblait la crainte des mamans, des sœurs et des fiancées...

Stockmann, lui, n'était pas moins attentif, mais pour d'autres raisons.

L'état-major prussien, avec lequel il était en rapports suivis, lui laissait carte blanche.

L'espion pouvait, dans un rayon de cent kilomètres, circuler à son gré.

Les renseignements qu'on attendait de lui portaient aussi bien sur les opérations de guerre immédiates que sur la préparation de celles-ci.

Aussi n'avait-il pas hésité à quitter Saint-Pré, où il ne se sentait plus en sécurité, pour Fenouville.

A la vérité, en se rendant au château, il était moins guidé par les intérêts de l'Allemagne que mû par une curiosité aiguë.

La photographie qu'il avait découverte parmi les papiers de Paul lui avait communiqué une irrésistible envie de voir Marguerite.

Il donnerait au grand quartier prussien des renseignements fantaisistes ou signalerait un « calme absolu dans la région de Fenouville » qui montrerait qu'il ne demeurait pas inactif. Et puis il s'en retournerait...

Or, le calme était loin de régner autour du château.

L'espion ressentit, à la vue des troupes en marche sur la route, une grande joie.

— Je puis m'installer ici pour tout de bon, se dit-il.

Il s'immobilisa dans la contemplation du carrefour, dénombrant les bataillons et les compagnies.

Quand les soldats eurent disparu à l'horizon, Stockmann redescendit.

Marguerite l'accueillit avec un franc sourire au bas de l'escalier.

— Vous ne vous reposez pas? interrogea-t-elle. Vous n'êtes pas trop fatigué?

— Je suis le mieux du monde, à ma blessure près, mademoiselle, affirma le traître.

— Alors, venez que je vous montre... Vous ne connaissez pas Fenouville...

Il accepta avec l'empressement que l'on devine.

La jeune fille lui fit visiter les appartements, les dépendances, le garage, les basses-cours. Puis elle l'entraîna vers le parc.

Stockmann observait tout, hochait la tête, paraissait enchanté.

Au repas, il parla peu. M. Destieux, d'ailleurs, faisait tous les frais de la conversation. La présence d'un officier à la table animait chez le vieillard un patriotisme dont l'ardeur était déjà fort grande. L'espion mangeait en silence; puis, après le dessert :

Je vous demanderai la permission de me retirer, articula-t-il. Je sens la fatigue s'emparer de moi...

— C'est la réaction, déclara M. Destieux. Je m'en voudrais de vous retenir... A demain, mon cher...

Stockmann regagna sa chambre, ferma la porte à clef et mit un mouchoir sur le loquet pour masquer la serrure.

— A l'œuvre, maintenant, murmura-t-il.

Il saisit la valise pansue que le vieillard avait déposée au pied du lit.

Elle contenait très peu de linge, beaucoup de papiers et une boîte d'acajou.

L'espion ouvrit cette boîte après l'avoir placée sur la table. Des appareils de télégraphie sans fil apparurent.

Ils constituaient une merveille de simplicité en même temps que de précision.

Tenant peu de place, ils permettaient à Stockmann de se livrer, où qu'il fût, à sa tâche infâme.

Mais, pour communiquer avec les correspondants le Boche devait installer une antenne et la relier par un fil de manipulateur.

Il se coucha sur le tapis, souleva un coin de ce dernier, appliqua son oreille contre le plancher...

Des pas résonnaient au rez-de-chaussée.

Stockmann se releva et attendit... Puis il renouvela l'expérience.

Le silence, cette fois, étant complet. La lumière ne filtrait plus par les persiennes de la salle à manger et ne rayait plus les gazons du parc.

Stockmann prit un bobine de fil de cuivre, une corde...

Il ouvrit la fenêtre avec précaution, attacha la corde à l'un des barreaux du balcon de fer forgé...

Il revint au centre de la chambre, referma la boîte d'acajou, laquelle était munie d'une courroie de cuir, passa la courroie en bandoulière, y fixa le rouleau de fil de cuivre.

Puis il se risqua dehors, se laissa glisser le long de la corde.

Il atteignit de la sorte le perron.

Alors, à pas de loup, voûtant le dos, il se glissa de massif en massif et traversa le parc.

Il atteignit ainsi le pavillon du garde Iroux.

La porte était fermée, mais ce n'était pas là un obstacle sérieux pour Stockmann.

Tout espion est doublé, à l'occasion, d'un cambrioleur.

Le Boche avait un trousseau de rossignols qu'il tira aussitôt de sa poche et se mit en devoir d'essayer.

La porte s'ouvrit bientôt. Stockmann entra.

Il déposa son attirail et inspecta les lieux grâce à la lampe électrique qu'il avait apportée.

La cheminée retint plus particulièrement son attention.

Elle était large et propice à l'exécution des desseins du traître.

Stockmann chercha et découvrit sans peine des lignes dont Iroux se servait pour aller pêcher.

Il fixa deux cannes bout à bout, attacha l'extrémité du fil de cuivre à l'extrémité de la perche ainsi obtenue, puis il planta celle-ci dans la cheminée.

L'antenne dépassait de cinquante centimètres le sommet de la cheminée et cela suffisait à Stockmann.

L'espion, alors, essaya l'appareil...

Il lança un appel et attendit...

Bientôt l'organe récepteur se mit à vibrer...

On répondait.

Stockmann eut dans l'ombre une mimique de satisfaction. Il se saisit à nouveau du manipulateur et expédia un message, celui qu'attendait l'état-major prussien.

Il y relatait le passage des régiments à Fenouville et la direction que ces régiments avait prise.

Cela fait, Stockmann, usant d'un dispositif spécial, modifia la longueur d'onde de son appareil.

Il lança un second appel.

Cette fois, il lui fallut attendre plus longtemps avant de recevoir une réponse.

Il commençait à manifester quelque impatience quand le récepteur s'anima de nouveau. Il disait : « Présent ».

— Qui? radiotélégraphia le Boche.
— Irma, répondit le récepteur.
— Stockmann est à Fenouville, indiqua l'espion.
— Bien. Travaillez, répondit Irma.
— Avez reçu lettre?
— Oui.
— Parfait.

Stockmann s'en tint là pour cette fois. Il tira un peu la perche, sortit, referma à clef, et traversa la pièce en toute hâte.

Le château était toujours silencieux. L'espion saisit la corde, grimpa, escalada le balcon, retira le câble et rentra dans sa chambre.

Nul ne l'avait aperçu.

CHAPITRE VI

L'AUTRE GUET-APENS

Paul Termond, entraîné sur l'ordre de Stockmann, s'était tout d'abord demandé quel était le cachot ténébreux dans lequel on l'avait enfermé.

Cependant ses yeux s'habituaient à l'obscurité. Il distinguait maintenant une faible clarté au-dessus de sa tête, un carré de lueur incertaine...

Il essaya de raisonner, c'est-à-dire de rassembler les faibles données qu'il avait, mais qui permettaient certaines déductions importantes.

L. E. — DÉMASQUÉS.

— Nous n'avions pas marché pendant plus de dix minutes, se dit-il. Je serais donc à Saint-Pré, dans une maison connue de Stockmann...

« Cette maison possède un jardin, un très grand jardin... Elle-même est vaste...

« Or, à Saint-Pré, il n'y a qu'une demeure de cette importance... C'est celle d'Irma Wolfer.

« Je serais chez cette horrible créature!... Et les gens qui m'ont conduit ici seraient des Allemands qu'elle dissimule dans le domaine...

« Irma, que nous croyions tous Alsacienne, n'est qu'une espionne!

« Elle m'a vendu... Et moi, naïf, qui pensais avoir réalisé un coup de maître en lui rendant visite!...

« Mais que pense-t-on faire de moi? »

Paul retombait dans un abîme de sombres méditations. Il revivait la scène de l'agression et s'accusait de négligence.

Il songeait à ses chefs, à l'expédition manquée, à Marguerite...

Deux jours durant il vécut sous l'empire de la fièvre. Une idée le soutenait : Lutter!

— Mais, pour lutter, il faut être fort, se dit le jeune homme.

Il rompit le pain qu'on avait déposé à son intention, et fit, debout, son premier repas de prisonnier.

Puis il s'étendit sur les dalles, contre la porte, et chercha le sommeil.

Il eut des rêves difformes et des cauchemars atroces. Mais il ne s'éveilla que fort tard alors que la nuit retombait sur l'étroite prison où il était enfermé.

Combien d'heures demeura-t-il accroupi; les yeux ouverts, le front dans les mains,... Il ne savait.

Tout à coup il se redressa.

Un rais de lumière filtrait par la serrure, jaunissait le carreau de la fenêtre...

La clef de la porte grinçait...

Paul se tint prêt à bondir...

La porte s'ouvrit. Paul se précipita, le poing haut...

Mais, au lieu de frapper, il s'arrêta net.

Une femme était devant lui la lampe qu'elle tenait éclairait son visage en le compliquant d'ombre et de

rictus de détail qui ne faisaient du sourire de la
femme qu'une seule et infernale grimace.

— Irma Wolfer! s'écria Termond.

— C'est moi, oui, dit l'espionne. Vous m'excuserez
de m'être fait attendre si longtemps.

Elle ajouta:

— Vous êtes chez moi.

— Je le sais, gronda Paul. Vous m'avez trahi.

— Trahi? ricana-t-elle. Ingrat! dites plutôt que je
vous ai sauvé, ou plutôt que je viens vous sauver.

— Mais...

— Il n'y a pas de mais.

— C'est vous qui avez prévenu...

— Pas de reproches inutiles.

— ... Stockmann...

— C'est de la vieille histoire, cela, mon cher. Je
ne pouvais pas laisser tuer Stockmann sans me perdre du même coup, parce que nous avons partie liée
et que vous n'eussiez pas manqué de rapporter à vos
chefs ce que les papiers de Stockmann vous eussent révélé sur mon compte...

— Horreur! Elle avoue! dit Paul.

— Je suis cynique, que voulez-vous! Ce n'est pas
moi qui vous ai ordonné de venir à Saint-Pré. Je
vous laissais bien tranquille, moi. Vous avez jugé bon
d'entreprendre le voyage, vous m'avez attaquée... par
répercussion... Parfaitement... je suis dans le cas de
légitime défense...

Le jeune homme, outré, darda sur la Wolfer un
regard chargé de mépris.

— Mon Dieu, poursuivit-elle, remisez votre indignation au vestiaire des occasions. Les faits sont les
faits. Stockmann vous a réduit à l'impuissance, et
moi je dispose de votre sort.

— Vous disposez...

— De votre sort, que vous le vouliez ou non. Je
me hâte de dire que Stockmann, quand je lui ai si-
gnalé votre présence au village et vos intentions, est
entré dans une fureur telle que j'ai désespéré un
moment d'en venir à bout. Il voulait vous supprimer,
purement et simplement... J'ai plaidé en votre faveur...

— Je ne vous sais nul gré de ce plaidoyer, déclara Paul.

— Attendez donc que je finisse... J'ai plaidé, mais je n'ai obtenu qu'un demi-gain de cause. Voici le papier que Stockmann m'a fait tenir avant son départ.

L'espionne tirait de son corsage une lettre qu'elle tendit au lieutenant.

Celui-ci la prit et lut :

Surveiller étroitement les prisonniers.

Les exécuter si dans quatre jours je ne suis pas de retour.

Le vieux garde de Saint-Pré est « mort subitement ». Prendre à ce sujet les mesures utiles que dicteront les circonstances.

STOCKMANN.

Paul, à cette lecture, ne put retenir une exclamation de joie.

— Iroux n'est pas mort!

— Il n'en vaut guère mieux, puisqu'il n'a plus que trois jours à vivre, dit Irma. Je le gracierai néanmoins à votre requête...

Termond serra les poings.

— C'est vous qui parlez de gracier les gens? ironisa-t-il. Vous avez déjà un crime à vous reprocher... Le vieux garde de Saint-Pré...

— Oh! pour celui-là, je suis rassurée, dit Irma. On l'enterre demain. Mort subite, mon cher, ce n'est pas vous qui décommanderez la cérémonie... Laissez dormir le vieux et revenons à nos moutons...

« Mais, ajouta-t-elle, nous serons mieux ailleurs qu'ici pour causer. Je suis honteuse, vraiment, qu'on vous ait enfermé dans ce taudis. Je n'y pouvais rien changer, je vous l'assure, avant d'avoir acquis la certitude que Stockmann était loin de nous. Venez donc... »

Paul quitta le réduit obscur où il avait passé plus de vingt-quatre heures et ne fut pas peu étonné de se trouver dans une chapelle désaffectée.

— Je ne vous ai pas montré ce corps de bâtiment quand vous m'avez rendu visite, dit l'espionne. Il occupe le centre de l'enclos que vous décoriez du nom de parc, et il n'a échappé à votre attention que parce qu'il est entouré de feuillage, d'abord, et que vous êtes un inattentif. Mettez cela dans votre poche, mon ami.

Irma paraissait joyeuse. Elle avisa des chaises poudreuses, dans un coin.

— Asseyons-nous, fit-elle, et causons comme des gens raisonnables que nous sommes.

Paul s'assit machinalement. Irma exerçait sur lui l'attraction paradoxale, mais réelle, du dégoût.

— Vous souvenez-vous, dit-elle après avoir posé la lampe sur une troisième chaise, vous souvenez vous d'un matin ensoleillé de juillet... C'était à Fenouville; vous étiez assis comme à présent, mais devant une toile... Vous peigniez... je vous parlais en amie, j'ouvrais devant vous tout grand mon cœur et mon âme...

— Mensonge! coupa Termond. Je vous prie de croire que si vous m'aviez avoué alors ce que vous étiez déjà, ce que vous êtes restée depuis, je n'aurais pas hésité à vous mettre hors d'état de nuire.

— Merci pour l'intention, sourit l'espionne sans se démonter. Que voulez-vous, mon cher, il faut bien vivre. Vous, vous faites des tableaux, et moi je fais des rapports. Ma profession est considérée comme fort honorable en Allemagne...

— Les Allemands ne sont pas difficiles!

— Plus difficiles que vous ne le croyez... En tout cas, vous ne pouvez leur dénier leur bonté, leur dévouement...

Paul éclata d'un rire douloureux.

— Je n'avance rien sans preuves, fit Irma. Ainsi, vous, vous seriez irrémédiablement perdu si je ne vous venais en aide. Mais, je le répète, je viens pour vous sauver.

— Regardez-moi, Paul, et cessez de m'insulter. Vos injures glissent sur moi comme un caillou sur la glace. Je vous aime...

— Et moi je vous hais! dit le jeune homme.

— Nous sommes d'accord, entièrement d'accord.

Vous me haïssez et il me plaît de vous l'entendre
dire. Vous me haïssez, mais vous êtes condamné
à périr. Vous me haïssez, mais vous me plaisez,
mais vous êtes riche, mais la guerre va me rendre
l'existence impossible en France.

« Écoutez-moi... les armées françaises vont être
bientôt battues... Elles reculeront... On va se battre
ici, et tout saccager. Il faut que je m'en aille. Or,
j'en ai assez de ce métier où je risque ma tête, ou
je la risquerais plutôt si je continuais. Je veux prendre ma retraite, et vous êtes riche. Je veux être tranquille, et vous pourrez l'être avec moi. Il vous suffit
pour cela d'un geste. J'ai des papiers pour vous. Nous
rentrerons en Allemagne... Vous vous ferez natura-
liser là-bas, et nous vivrons en paix, tous les deux...

Paul s'était levé.

— Cessez de m'insulter, dit-il.

— Vous insulter! fit Irma. Est-ce vous insulter
que de vous offrir la vie? Il faut que vous soyez
fou comme un Français pour parler d'insulte! Que
vous rapporterait la guerre? La mort si je vous aban-
donnais à Stockmann, la mort encore si, par impossible, vous réussissiez à m'échapper.

« La guerre, mon petit, va user les nations jusqu'aux muscles. C'est par millions que se compteront
les cadavres.

« Avez-vous passé un contrat avec la grande fau-
cheuse? Êtes-vous doué du pouvoir d'invulnérabilité?
Vous tomberiez comme les autres. Car ils tomberont
tous, ceux de votre âge. Les premiers partis ne re-
viendront pas. A l'heure qu'il est, les jeunes hommes
que le kaiser a lancés dans l'aventure dont l'Allemagne finira par retirer gloire et profit, les jeunes
hommes ont coupé les ponts qui les rattachaient à
la terre, et dans la terre ils vont pourrir. Ils trem-
blent, ils se lamentent tout bas...

— Vous parlez pour les sujets de Guillaume, observa froidement Termond.

— Et pour vous aussi, glapit l'espionne que la ré-
sistance de l'officier exaspérait. Vous m'avez dédai-
gnée autrefois, cela ne compte pas. Vous m'avez hu-
miliée, cela ne compte pas. Vous vous êtes moqué de
mon amour, vous m'avez préféré une autre, vous

avez piétiné ma fierté de femme, tout cela ne compte pas. La petite pimbêche que vous prétendiez aimer se moque de vous en réalité...

— Laissez Marguerite où elle est, dit Paul d'une voix tranchante. Ne la mêlez pas à l'affaire qui me vaut le déshonneur d'endurer votre présence.

— Le déshonneur? Ah! Ah! Ah!... sa Marguerite!... Dirait-on pas qu'il s'agit d'une reine? Je suis aussi belle qu'elle et j'ai sur elle l'avantage de l'expérience. Je ne permettrai pas que vous épousiez cette petite niaise. Votre fortune m'appartient de droit, comme votre personne. Je vous l'ai dit là-bas, avant la guerre, et je vous le redis aujourd'hui, je porterai votre nom...

— Jamais, clama Paul. Et vous avez de la chance que votre sexe vous protège contre la colère qui gronde en moi... Fuyez!... Vous me révoltez à la fin!... Allez-vous-en. Vous m'infligez assez de honte en vous montrant magnanime. Vous devoir la liberté?... Oserai-je le dire demain à mes camarades?

— Tes camarades? fit l'espionne. Et où donc as-tu pris, malheureux, que je te donnais la clef des champs? Tu es plus que jamais mon prisonnier, ma chose, mon jouet. Je te tiens, je ne te lâche plus. Veux-tu m'épouser?

— Il va vous arriver malheur, articula Paul, et vous lassez ma patience...

— Forfanterie! Je ne te crains pas! Il me plaît de te braver en face. Veux-tu m'épouser?...

— J'aime Marguerite, dit Termond. Marguerite sera ma femme, et vous...

— Sa femme! Ah! Ah!... Ça ne doute de rien!... Sa femme!... Votre Marguerite adorée, votre bijou, votre chère et tendre ne vous a jamais appartenu, mon pauvre naïf, et elle ne vous appartiendra jamais. Demandez plutôt à Stockmann...

Paul frémit.

— Stockmann? interrogea-t-il.

— Oui, Stockmann...

— Eh bien, quoi?

— Stockmann est à Fenouville.

— A F...

— Fenouville, parfaitement. Chez les Destieux. Il

mange, boit et dort chez mademoiselle votre fiancée.

— Vous mentez! s'écria le jeune homme.

— Libre à vous de ne point me croire, mon cher. Mais moi, je vous dis qu'il y est. Et si je vous le dis, c'est que j'en suis sûre.

— A Fenouville!... gémit Termond.

— Là! ça vous coupe bras et jambes? Il n'y a pas de quoi.

« Mais laissons la petite à ses distractions... Je présume qu'elle n'en a pas pour longtemps non plus à soupirer aux nuages. Il y a pour vous une planche de salut. Voulez-vous la saisir?

— Bandits! grinça l'officier. Bandits sinistres!

Il s'élança, courut vers la porte de sortie, saisit le loquet, tourna, tira...

La porte était fermée à clef.

— Tu vas m'ouvrir, et tout de suite! clama Paul. Viens!

Un rire répondit à cet ordre. Le jeune homme se retourna. La lampe venait de s'éteindre.

Il se précipita vers Irma, trébucha contre les chaises, roula sur les dalles.

Le rire de l'espionne hoqueta un peu plus loin.

— Ah! Ah! Ah!... tu mourras, imbécile. Tu mourras!...

Il y eut un bruit sourd, quelque chose comme un écroulement... Puis le silence...

Dans la nuit, Termond erra de droite et de gauche, les bras en avant, à la recherche d'une forme insaisissable. Irma n'était plus dans la chapelle. Elle avait disparu. Le phénomène tenait du prodige. Paul ne se convainquit de la chose qu'au matin, quand les premières blancheurs de l'aube vinrent mêler un peu de clarté blafarde aux ténèbres de la nef.

Alors une fièvre nouvelle le serra aux tempes et lui brûla le sang.

CHAPITRE VII

BAS LE MASQUE

Dans la gare de Fenouville, à cette même place où Paul aimait à venir avant la catastrophe dont le vieux monde était bouleversé, Marguerite, assise, se livrait à un travail de broderie quand Stockmann l'aborda.

— Vous avez l'air triste, mademoiselle, remarqua-t-il.

— Il y a de quoi, répondit la jeune fille. Paul est incapable de m'oublier, et il ne m'écrit pas... J'attends en vain une lettre...

— Paul... toujours Paul, reprocha l'espion.

Marguerite leva sur le Boche un regard où il y avait de l'étonnement et une pointe de courroux.

— N'est-il pas naturel que mon fiancé occupe toutes mes pensées? demanda-t-elle. Vous avez voulu plaisanter, monsieur Stockfer, je suppose?

— Heu... oui... certainement...

— Vous êtes l'ami de Paul...

— J'étais, mademoiselle.

— Vous dites?

— Je dis : « J'étais »... Je n'ai pas osé vous éclairer plus tôt sur Termond qui occupe, je le vois, toutes vos pensées bien qu'il en soit indigne, puisqu'il a commis un crime...

Ce dernier mot cingla la jeune fille.

Elle considérait avec horreur celui qui distillait comme en se jouant les phrases venimeuses.

— Un crime? balbutia-t-elle. Etes-vous fou? Ah! ça, quelle sinistre farce...

— Réfléchissez, insista Stockmann. Vous ne recevez plus de lettres depuis que je suis ici.

— Non...

— Vous voyez bien.

Il y eut un silence. Le visage de Marguerite exprimait un indicible égarement.

— Je vous en ai trop dit maintenant pour que vous n'appreniez pas la vérité tout entière, sourit diaboliquement l'espion. Vous avez le droit de savoir...

« Eh bien, Paul, le Paul de votre rêve, celui que vous comptez épouser, n'est pas plus mon ami que je ne suis roi d'une île océanienne. Je l'ai rencontré par hasard le soir de son arrestation...

Marguerite tressaillit.

— De son arrestation, c'est comme j'ai l'honneur de vous le dire, mademoiselle.

« On avait déjà remarqué qu'il était prudent, extrêmement prudent... Il poussait la prudence jusqu'à vouloir se mettre pour toujours à l'abri des balles.

« Faut-il vous parler clair, Il a essayé de déserter.

Marguerite eut un cri de dénégation :

— C'est faux! archifaux!

— Laissez-moi donc vous donner des détails. Au surplus, vous n'êtes pas obligée de me croire.

« Envoyé en mission de quarante-huit heures, il en a profité pour se donner de l'air. Mais il avait compté sans les gendarmes.

« Bref, la veille de sa comparution devant un conseil de guerre, il m'a remis un mot pour monsieur votre père en me suppliant de venir à Fenouville et de vous mettre, avec beaucoup de ménagements, au courant de la situation. Vous ne m'accuserez pas d'avoir été brutal...

Marguerite, qui s'était redressée aux premiers mots de Stockmann, se laissa retomber sur sa chaise.

Elle n'articulait pas une parole. Elle paraissait effondrée.

L'espion, heureux de l'effet produit par ses déclarations, se hâta de s'éloigner.

— Je crois que j'ai touché juste, cette fois, murmura-t-il.

La cloche annonçant le repas sonnait à cet instant.

Marguerite fit un violent effort sur elle-même.

Elle se leva et, en chancelant, regagna la salle à manger.

Sur le seuil, elle rencontra de nouveau Stockmann.

— Contenez-vous ! souffla le Boche à l'oreille de la malheureuse. Soyez gaie... Soyons gais, veux-je dire... Il ne faut pas que M. Destieux sache encore... Nous le préviendrons plus tard...

Le repas qui eut lieu peu après fut une souffrance pour Marguerite. Elle se retira aussitôt qu'elle le put.

Mais, au lieu de gagner sa chambre, elle alla se perdre dans le parc.

Elle y demeura longtemps prostrée, la tête appuyée contre une pierre froide, les mains sèches et rendues brûlantes par la fièvre.

La nuit était venue et noyait les contours des arbres et du château.

Sous la clarté blafarde de la lune dont le disque tranquille apparaissait à l'horizon, la jeune fille se répétait les phrases terribles qui la disloquaient toute.

Elle ne pouvait croire à l'infamie de son fiancé.

Elle le savait brave autant que sensible et doux. Son attitude lors de la déclaration de guerre plaidait en faveur de sa vaillance.

Alors qu'elle avait eu des élans de faiblesse, de désespoir et de révolte passagère contre la cruauté des hommes, lui, Paul, l'avait bercée, remontée, haussée à la conception du devoir le plus noble et le plus pur.

Il était parti avec au cœur, la rage du patriote qui voit son pays menacé par les barbares.

Ses lettres parlaient de tâche allègrement accomplie.

Non, Paul n'avait pas failli. Stockfer était un menteur, un menteur abominable.

Un intérêt facile à distinguer l'avait poussé à calomnier bassement un ami.

Cette conviction se fortifiait du souvenir de mille détails auxquels Marguerite n'avait tout d'abord point pris garde, et qui empruntaient à l'accusation de Stockfer toute leur signification.

L'attitude du blessé, d'abord. Le soin avec lequel il évitait de parler de Paul, le premier jour.

Son embarras quand on lui avait demandé le lieu de cantonnement du régiment de Termond.

Son affirmation dernière : « Paul n'est pas plus mon ami que je ne suis roi d'une île océanienne. Je l'ai rencontré par hasard... »

Si Stockfer avait rencontré Paul par hasard, comment pouvait-il parler d'abondance des sentiments d'un inconnu ? Il y avait là une contradiction dont la jeune fille se sentait réconfortée.

— J'ai eu raison de ne rien dire à mon père, songea-t-elle. Je garderai le silence tant que la lumière ne sera pas faite entièrement.

« Et, pour commencer, j'écrirai dès demain au colonel de Paul. Il me répondra... Et je saurai... »

Forte de cette résolution, Marguerite quitta la retraite qu'elle avait choisie pour pleurer, et elle se disposa à rentrer au château.

Comme elle débouchait d'une allée et s'engageait sur le terre-plein voisin du perron, elle s'arrêta, méduséé.

Une forme humaine, un spectre noir glissait le long de la façade!...

La jeune fille crut d'abord à un éblouissement et se passa la main sur le front.

Mais le fantôme ne s'évanouissait pas. Il était maintenant suspendu à bouts de bras à une corde et se laissait tomber...

La lune éclairait nettement son visage...

Marguerite reconnut Stockfer.

Elle se précipita vers lui.

— Eh bien ? dit-elle.

L'espion, en apercevant Marguerite, avait eu un bond en arrière.

Fuir, tel avait été son premier mouvement. Mais fuir où ? Il n'y avait pas d'issue, pas d'encoignure où il pût se dissimuler.

La voix de la jeune fille le cingla comme d'un coup de fouet.

— Vous, monsieur Stockfer? articula-t-elle.

Force lui était de payer d'audace.

— Oui, moi, vous le voyez, répondit-il.

Elle s'écria :

— Mais votre bras en écharpe?... Vous n'êtes pas blessé?

Une joie subite, immense, l'envahissait. Elle songeait moins à présent à s'étonner qu'à laisser déborder son bonheur.

— Vous m'aviez menti, articula-t-elle. Je savais bien que...

Stockmann venait de la saisir à bras-le-corps. Il la soulevait, l'emportait en courant...

— A moi! cria-t-elle. A...

Il lui mit une main sur la bouche.

— Pas d'esclandre ou je frappe! gronda-t-il.

Une terreur s'empara de Marguerite. Les cris s'arrêtaient dans sa gorge, elle étouffait...

— Vous... je... laissez-moi... laissez-moi, râla-t-elle.

Stockmann serra un peu plus fort. Il traversait le parc, s'arrêtait devant le pavillon du garde, déposait la malheureuse sur un banc.

— Silence! répéta-t-il. Pas un mot.

Il venait d'ouvrir la porte. Marguerite s'était levée pour fuir. Il la retint et la poussa dans la première pièce du pavillon.

Puis il entra, referma la porte, alluma une lampe.

— Tant pis pour vous, ricana-t-il. Ce qui arrive est de votre faute.

Marguerite, atterrée, considérait cet homme qui venait de se révéler dans toute sa hideur.

— Misérable! dit-elle.

Stockmann se dandina d'un air satisfait.

— C'est la guerre, fit-il.

— Misérable! reprit la jeune fille. Et vous êtes officier français? Non! non! Vous êtes un bandit!... Un bandit!...

Elle haletait. L'espion haussa les épaules.

— Bandit ou non, vous m'appartiendrez, dit-il.

La jeune fille éclata d'un rire sinistre.

— Mais qui êtes-vous donc? Ah! Ah! Ah!... Et

c'est *ça* qui se recommandait de Paul Termond! Et moi qui avais eu la simplicité de vous entendre, de vous croire!... Ce que vous avez dû me trouver naïve!... Allons, je suis fixée, ouvrez-moi la porte.

Stockmann eut de la tête un signe de dénégation et il dit :

— Non, non et non...

— Ouvrez cette porte, monsieur Stockfer...

— Je ne m'appelle pas Stockfer.

Elle sursauta.

— Après tout, fit-elle, c'est logique. Vous nous avez menti jusqu'au bout. Vous n'êtes pas non plus lieutenant, pas même soldat, et c'est heureux pour l'uniforme que vous portez et que vous avez volé...

— Pas volé, charmante enfant. Pris seulement. Ce costume est celui de Paul Termond.

Marguerite frémit.

— Reconnaissez-vous ceci? poursuivit l'aimable Stockmann en tirant de sa vareuse un portefeuille et du portefeuille un bout de carton...

— Mon portrait! s'exclama la jeune fille, horreur!...

— Vous vous calomniez, sourit affreusement l'espion. Je vous trouvais adorable avant de vous connaître... Voici une lettre écrite de votre blanche main. Ne me regardez pas avec ces yeux égarés. Je vous parlais ce tantôt, mais il paraît que vous êtes une disciple de saint Thomas et que vous ne croyez rien sans preuve. Sont-ce des preuves, cette fois? Êtes-vous convaincue?

— Horrible! gémit Marguerite. Paul... où est Paul?

— Je vous aime, dit Stockmann. Le hasard vous a placée sur mon chemin, tant mieux pour moi qui suis le plus fort, tant pis pour vous qui êtes assez sotte pour me dédaigner. J'aurais peut-être, sans l'incident de tout à l'heure, consenti à suivre la filière ordinaire des amoureux. Je veux dire que j'aurais consenti à m'agenouiller devant vous, à mimer l'humilité, à faire toutes les grimaces qui sont de mode en pareille circonstance. Vous autres, Français, vous...

— Il n'est pas Français! s'écria Marguerite. Ah! cela m'ôte un poids qui me pesait sur le cœur! Vous êtes Allemand!... Ce regard faux, ce cynisme succédant à tant d'hypocrisie... Vous êtes Allemand!...

— Stockmann, pour vous servir, agent de la Wilhelmstrasse, dit le Boche. Vous voyez que je mets carte sur table. Pourquoi dissimuler maintenant? Vous vous êtes trouvée à point dans ce parc et je n'aurais jamais osé rêver situation meilleure.

La jeune fille fondit en larmes.

— Malheur!... malheur!... C'est atroce, atroce!... bégayait-elle entre deux sanglots. Paul!... mon pauvre Paul!...

— Pleurez, c'est cela, dit Stockmann. Vous ne pleurerez pas toujours...

Elle releva la tête et dévisagea le traître.

— Où est Paul? demanda-t-elle.

— J'ai ses habits, répondit Stockmann.

— Vous l'avez tué!

— Je...

— Malheur de ma vie! Il l'a tué!... Assassin!... Ah! tuez-moi aussi!...

— Doucement, fit le hideux personnage. Vous ne m'écoutez seulement pas.

— Vos exploits sinistres se lisent sur votre front. Vous!... lui... C'est horrible!

— Paul n'est pas mort, déclara-t-il.

Elle frémit de la tête aux pieds.

— Non?

— Non.

— Ne mentez pas!

— Je vous jure...

Elle l'arrêta d'un geste.

— Serment d'espion? fit-elle; et vous voulez que j'y croie?

— Je vous affirme, alors, que Termond n'a pas encore été exécuté.

Ces mots : « encore » et « exécuté » plongèrent Marguerite dans un nouvel abîme de désespoir.

Elle demeura un instant sans voix, les yeux secs, le visage déformé par l'angoisse et la douleur.

— Je vous aime, répéta Stockmann. La guerre est la guerre; ni vous ni moi n'y pouvons rien. Le hasard et mon adresse m'ont conduit ici... Je vais partir et...

— Paul... parlez-moi de Paul, coupa-t-elle.

— Si vous voulez. Paul est prisonnier.

— Si c'était vrai! s'écria-t-elle. Prisonnier?... Il a été fait prisonnier en combattant, n'est-ce pas? Il n'y a point de déshonneur à être prisonnier... Paul nous reviendra...

— Quelle que soit ma peine d'avoir à souffler sur vos illusions, ma belle, fit Stockmann, je dois vous apprendre que Termond n'est pas en Allemagne et qu'il n'ira point.

« Je l'ai arrêté moi-même, capturé, si vous préférez.

« Il me tendait un piège dans lequel je n'ai pas donné, puisque je suis devant vous.

« La souricière s'est refermée sur l'imbécile. Il se ronge les poings en ce moment, et m'accable sans doute de malédictions qui ne m'ont pas empêché de bien manger à Fenouville, d'y dormir en paix et d'y cultiver votre connaissance... j'allais dire votre amitié.

« Vous n'avez pas l'air de comprendre, ma charmante. Paul est prisonnier de Stockmann, et Stockmann, en chair et en os a l'honneur de vous demander si vous voulez lui appartenir.

— Vous appartenir! s'écria Marguerite. Plutôt la mort!

— J'ai laissé un mot là-bas avant de m'absenter, dit l'espion. Termond devait être exécuté dans quatre jours si je n'étais pas de retour. Le délai expire à minuit. Il est onze heures et demie.

« Je ne suis pas aussi cruel que vous voulez bien le croire. Je vous accorde la grâce de Paul à une condition... vous savez laquelle... Allons, ma toute belle, cessez de m'accabler d'un injuste mépris... mes lèvres se tendent vers vous pour un baiser...

La jeune fille recula d'un pas.

— Arrière! frémit-elle. Arrière, serpent!

L'indignation l'emportait chez elle sur la souffrance morale.

Stockmann avançait vers elle.

— Est-elle méchante? ricanait-il. Dirait-on pas que mon souffle va l'empoisonner?

Marguerite se réfugiait dans le fond de la pièce.

Un couteau de cuisine tomba sous sa main. Elle le brandit.

— Approche, maintenant! menaça-t-elle.

Stockmann s'arrêta, tira de sa poche son revolver.

— J'ai la supériorité des armes, dit-il, mais je ne tirerai pas avant d'avoir épuisé tous les moyens de conciliation.

« Oui ou non, voulez-vous faire droit à ma demande?

— Vil espion! grinça Marguerite.

— La vie de Paul est entre vos mains...

— Nous mourrons ensemble.

— Alors, c'est non?

— Assassin! Ignoble assassin!

— Très bien, dit Stockmann.

Il alla à la cheminée, poussa la perche de bambou, revint à la table, ouvrit la boîte d'acajou et se mit à télégraphier.

Marguerite voulut se précipiter sur l'appareil et le briser.

Stockmann braqua froidement son revolver.

— Pas de ça, ma mie, gronda-t-il.

La jeune fille s'arrêta, pantelante. Que pouvait-elle contre cet homme plus fort qu'elle et mieux armé?

L'émotion, la terreur, une révolte de tout son être, et malgré tout l'espoir, un espoir insensé que le sinistre Stockmann ne procédait qu'à une mise en scène agitaient la malheureuse, la rendaient incapable d'une action qui pût hâter la fin de ce cauchemar.

Stockmann en profitait pour lancer un appel qui reçu bientôt une réponse.

Irma Wolfer, à qui allait l'avertissement, faisait savoir qu'elle était prête à recevoir le message.

L'espion interrogea par radiotélégramme :

— *Prisonniers sont-ils exécutés?*

— *Pas encore,* indiqua la Wolfer.

— *Ne pas surseoir,* télégraphia de nouveau Stock-

Puis, se tournant vers Marguerite.

— C'est fait, déclara-t-il, l'ordre est parti, Paul mourra cette nuit.

La jeune fille, à ces mots, s'écroula comme une masse.

— A la bonne heure, dit Stockmann. Elle aurait bien dû commencer par là.

A ce moment, le bruit d'un moteur retentit quelque part.

Il était sourd encore, et lointain, quoique parfaitement distinct.

L'espion se servit de la cheminée comme d'un tuyau acoustique; il s'agenouilla dans l'âtre.

Le bruit s'enflait de seconde en seconde. Une voiture automobile allait passer devant le château... Elle arrivait...

Mais voici que le moteur se tut soudain... L'auto venait de s'arrêter...

Stockmann souffla sur la lampe et retint sa respiration.

CHAPITRE VIII

A TATONS VERS LA LIBERTÉ

Dans la chapelle-prison où il était enfermé, Paul Termoud entassait projet sur projet.

Irma Wolfer, dans la joie du triomphe d'abord, dans la colère et le dépit haineux ensuite, avait trop parlé.

Le prisonnier savait maintenant des choses fort importantes quant à la situation qui lui était faite par son vainqueur de l'avant-veille.

D'abord il était au centre du domaine de Saint-Pré.

Ensuite on ne se proposait de l'exécuter que dans deux jours.

Il avait quarante-huit heures pour préparer et mener à bien une évasion de laquelle dépendait non seulement son salut propre mais aussi celui de Marguerite et de M. Destieux.

Stockmann était à Fenouville !

Dans quel but avait-il entrepris le voyage?... Il n'était que trop facile de le deviner.

Paul avait encore présente à la mémoire la mimique significative de l'espion quand il avait découvert la photographie de Marguerite.

Le prisonnier entendait encore Stockmann dire de sa voix éraillée : « Jolie !.... adorable ! Quel sourire ! Quels yeux ! »

L'idée que le misérable avait pu approcher la

jeune fille était intolérable à Paul, éveillait en lui, outre la haine du Français pour l'agent de la Wilhelmstrasse, la crainte et la révolte de l'amoureux qui souffre de la promiscuité dont l'aimée va être menacée.

— Menacée? murmurait Termond. Que dis-je, menacée! Cette odieuse créature qui a nom Wolfer assure que le Stockmann est déjà là-bas!

« Il faut que j'aille à Fenouville... Et j'irai.

« J'irai pour protéger Marguerite. J'irai pour désarmer le Boche et lui ôter le moyen d'espionner encore.

« Ma mission n'est pas accomplie. Mes chefs m'ont accordé quarante-huit heures, mais ils n'ont pas tenu compte de l'imprévu. Je leur expliquerai tout au retour. »

Paul, on le voit, raisonnait comme si de hautes murailles n'avaient pas mis d'étroites limites à sa liberté.

Il se rendit compte sans la moindre peine de l'inanité de ses résolutions tant qu'il n'aurait pas recouvré le pouvoir de disposer de ses mouvements.

— Sortir d'ici, tout d'abord, songea-t-il.

La chapelle était fort ancienne. Les fenêtres ressemblaient plutôt à des meurtrières et il ne fallait pas chercher de ce côté-là une issue.

Restait la toiture, au-dessus de l'emplacement de l'autel, là où la voûte s'était écroulée.

Paul disposait d'une demi-douzaine de chaises boiteuses.

En supposant qu'il eût pu se transformer sur l'heure en équilibriste accompli, les chaises empilées ne formaient pas un tas assez haut pour que le prisonnier pût atteindre aux chevrons de la toiture.

La porte?... Mais la porte était fermée au verrou, du dehors, et l'épaisseur des planches dont elle était constituée accusait son inébranlable solidité.

Paul alors se prit à méditer sur la disparition subite d'Irma Wolfer.

Elle n'était sortie ni par la porte, ni par les meurtrières.

Elle ne s'était pas envolée non plus.

Cette triple constatation de fait appelait une déduction absurde au premier abord, mais rigoureuse :

— Irma s'était enfoncée sous la terre.

Le prisonnier, parce que prisonnier justement, ne songea pas une minute à se moquer de lui-même.

— C'est vers le sol que je dois porter toute mon attention, se dit-il.

Il s'agenouilla sur les dalles, scruta du regard chacune d'elles, les marquant d'un croix en plâtre après les avoir examinées.

Cet examen, fort long, lui prit toute la matinée. Il ne découvrit rien de particulier. La pierre qu'il regardait de tous ses yeux ressemblait à la pierre qu'il venait de quitter.

Néanmoins, il ne se décourageait pas. Un premier succès, d'ailleurs, vint le récompenser de sa persévérance.

Non loin de l'éboulis correspondant, en bas, à l'écroulement de la voûte de l'autel, Paul avisa une dalle de dimensions plus grandes que les voisines.

C'était déjà une particularité. Mais il y en avait d'autres. Cette dalle n'était pas unie aux dalles contiguës par du ciment. Elle était, chose curieuse, séparée de celles-ci, et l'interstice faisait autour d'elle comme un cadre étroit d'épaisses ténèbres.

Paul en conclut que cette dalle était aussi la clef d'un souterrain. C'était là et non ailleurs qu'il fallait chercher...

Il frappa du pied la large pierre plate et constata une sourde résonnance.

Il entreprit aussitôt de déplacer le bloc et, au moyen d'un barreau de chaise préalablement arraché, fit levier, pesa, se démena...

En vain, la dalle ne bougeait pas d'un millimètre.

Paul se reprit à observer...

Il observa même si longuement que la nuit le surprit sans qu'il lui fût permis d'espérer modifier, par ses propres moyens, une situation de plus en plus dangereuse.

Il ne pouvait rien tenter pendant la nuit.

Il espérait qu'Irma Wolfer lui rendrait encore visite, et il se promettait, cette fois, de ne pas laisser repartir tranquillement l'espionne.

Mais Irma ne vint point. Seul l'invisible geôlier

lança par la meurtrière, un autre morceau de pain.

La soif commençait à tourmenter le prisonnier.

Son impatience croissait en raison de la fuite des heures, et le désespoir, de nouveau, l'assaillait.

Ce fut alors qu'une inspiration soudaine illumina son visage en même temps que son esprit.

Il se dit que point n'était besoin de levier ni d'efforts musculaires pour faire pivoter ou basculer la dalle.

Celle-ci devait être reliée à quelque mécanisme intérieur, mécanisme qui se déclanchait probablement au moyen d'une simple pression.

Ainsi s'expliquait la facile et rapide disparition d'Irma Wolfer.

Paul revint près de la dalle et en considéra de nouveau les alentours.

Il s'accusa d'avoir dédaigné à priori de vérifier les sculptures qui couraient sur la muraille, à hauteur de poitrine.

Elles représentaient des monstres mythologiques et formaient de nombreuses saillies.

Le prisonnier palpa les cariatides, appuyant sur les parties en relief.

Soudain il tressaillit...

Le nez du monstre sur lequel il venait d'exercer une pression rentrait dans le mur...

En même temps la dalle glissa obliquement, s'effaça, pour ainsi dire, découvrant un trou profond où se voyait un escalier.

L'on juge de l'émoi de Termond.

En toute autre circonstance il eut détaillé le mécanisme, admiré l'ingéniosité de l'inventeur.

Mais avait mieux à faire.

Il s'engagea dans l'escalier, gagna le parc, se dissimula dans un massif où il eut le loisir d'étudier les lieux environnants.

C'est ainsi qu'un peu avant la nuit il vit arriver Irma en auto.

L'espionne descendit de la limousine, entra au domaine tandis que le chauffeur remisait la voiture.

Lui-même sortit du garage quelques minutes plus tard et disparut.

Paul, alors, n'hésita pas.

Profitant du crépuscule avant-coureur des ténèbres, il se faufila jusqu'au garage, se blottit sous l'auto et attendit.

Quand il jugea que les hôtes de la maison devaient dormir, il se releva, poussa l'auto jusqu'au portail, tira le verrou de ce dernier, ouvrit...

Il agissait avec l'audace d'un désespéré. Il ne se dissimulait pas que la manœuvre offrait plus d'un danger et qu'un hasard un bruit, un rien pouvaient le perdre.

Il n'en travaillait qu'avec plus de décision.

Bientôt l'auto se trouva sur la route.

Paul mit le moteur en marche, sauta sur le siège et débraya en quatrième vitesse.

L'auto bondit sur place et s'éloigna, trouant la nuit...

Le jeune homme respira longuement.

Tout d'abord, il ne chercha qu'à fuir.

Et puis, quand il eut parcouru plusieurs kilomètres, à un détour, l'auto dut freiner et stopper devant une barrière fermée.

De la maisonnette voisine un soldat sortit.

Interrogatoire, exhibition de permis...

— C'est fort bien, dit le soldat, seulement, vous n'irez pas plus loin.

— Mais...

— Il n'y a pas de mais, mon brave. Les voitures n'ont pas le droit de circuler la nuit.

C'était simple, net, catégorique.

Paul descendit après avoir « reculé » jusqu'à l'accotement.

Puis, comme il se souciait peu de rester jusqu'au lendemain sur la route :

— Vous m'offrirez bien l'hospitalité pour quelques heures ? demanda-t-il au soldat.

Ce dernier, bien qu'à cheval sur la consigne, n'était pas un mauvais diable.

— Venez, dit-il.

La maisonnette du garde-barrière était transformée en corps de garde.

A l'entrée de Paul, une voix joyeuse s'exclama :

— Tiens ! Termond !... Que fais-tu là, vieux ?... Je te croyais lieutenant !

Le fugitif reconnut en la personne du chef de poste un de ses camarades de Paris.

Il n'hésita pas à lui conter son aventure.

L'autre s'empressa aussitôt.

— Passe, mon vieux, passe... Je prends sur moi toute la responsabilité. As-tu de l'essence ? Tu n'as pas regardé ? On va voir... Tu vas à Fenouville ? Mais tu en as pour une heure à peine... Tourne à droite et suis la ligne. Quelle guerre, hein ! Tâche d'arriver assez tôt et fais-lui le coup du père François, à ton espion...

Une heure plus tard, Paul descendait devant la grille du château de Fenouville.

Il sonna et attendit.

Cinq minutes s'étant écoulées sans qu'on fût venu ouvrir, il sonna de nouveau.

Il y eut, cette fois, un léger bruit du côté de la maison du garde, un déclenchement bref de serrure... La porte tourna un peu sur ses gonds...

— M. Destieux a remplacé Iroux et pris un autre concierge, se dit Paul.

Il entra, se lança littéralement dans l'allée principale qui menait au château.

Il n'avait pas fait dix pas qu'il se sentit saisi par derrière, soulevé, basculé, projeté à terre.

Il voulut se relever... Il n'en eut pas le temps.

Un froid lui passa sur le visage, un picotement lui emplit le nez, les yeux et la bouche...

Il s'évanouit.

CHAPITRE IX

FANTASMAGORIE

M. Destieux, s'étant éveillé, consulta la pendule et vit qu'il était six heures.

— J'ai bien dormi, constata-t-il ; un peu trop même. Moi qui voulais aller surveiller la coupe de bois à Chaux-de-Four... J'ai encore le temps, à la condition de me presser un peu...

Il se leva, ouvrit la fenêtre, enveloppa le parc d'un regard circulaire et resta médusé..

Là-bas, dans l'allée un homme était étendu...

Le vieillard crut tout d'abord à une erreur de sa vue.

Il considéra mieux cette chose noire et immobile qu'il prenait pour un homme...

Mais plus il regardait, plus il se disait qu'il ne s'était pas trompé.

— Qui est-ce ? balbutiait-il. Je m'y perds !... Ce n'est pas possible !

Il quitta son appartement, descendit l'escalier quatre à quatre, franchit le perron, traversa le parc en courant.

En quelques secondes il fut auprès de l'homme.

Alors son émoi dégénéra en stupeur.

— Paul ! clama-t-il. Paul Termond !...

Il revint en hâte au château, appelant

— Marguerite !... Marguerite !...

La vieille cuisinière montra son visage ridé dans l'entre-bâillement d'une persienne.

— Allez réveiller Marguerite et descendez ! cria M. Destieux.

La servante parut peu après sur le perron.

— J'ai frappé chez mademoiselle, déclara-t-elle.

— Venez ! ordonna le vieillard.

— Où ça ?

— Là-bas... Il y a un malheur.

— Un malheur? Seigneur Dieu!...

La vieille cuisinière regardait son maître avec inquiétude.

Quel malheur pouvait-il y avoir ?

Seulement, quand elle aperçut Termond étendu sur le sable, les yeux clos et la bouche ouverte, elle fit retentir l'air de lamentations.

— Ah! si c'est possible!... Il est mort, le pauvre!... Mort, que je vous dis!...

— Prenez-le par les épaules, fit M. Destieux. Moi je le prends par les pieds. Allez doucement.

A eux deux, ils transportèrent dans le salon celui qui ne donnait plus signe de vie et l'étendirent sur un canapé.

La cuisinière se lamentait de plus belle.

— Allez prévenir le docteur, lui dit M. Destieux.

— Le docteur ? fit-elle entre deux plaintes. Vous savez bien, monsieur, qu'il est mobilisé, le docteur! Il faut courir jusqu'à Drancy pour en avoir un... et encore!...

— Le médecin de Drancy n'est pas chez lui non plus, déclara le vieillard. Que faire?... Que faire?...

— On peut toujours frictionner ce pauvre jeune homme...

— Et Marguerite qui ne vient pas!... Vous lui avez dit...

— J'ai frappé, répéta la vieille.

A eux deux, ils déboutonnèrent le veston et le gilet de Paul, dégrafèrent le col de la chemise, frictionnèrent vigoureusement le visage et les mains de Termond.

A ce moment la femme de chambre parut.

— Vous avez vu, monsieur? demanda-t-elle. Il y a...

Elle aperçut Paul étendu et s'arrêta net.

Le vieillard ne l'avait seulement pas entendue. Elle considéra le spectacle navrant et hasarda:

— Ça doit être la corde... Il s'est pendu, pardine!

M. Destieux releva la tête.

— Hein?... Quoi?... Pendu?... Que chantez-vous là?...

— Monsieur n'a donc pas vu la corde? s'étonna la domestique.

— La corde?... Quelle corde?

— Celle du... de... Allez voir, monsieur; c'est dehors, sur le perron...

Le vieillard sortit en coup de vent.

La corde que Stockmann avait fixée au balcon de sa fenêtre se balançait doucement le long de la façade.

— Ah! par exemple, s'écria M. Destieux.

Il appela.

— Monsieur Stockfer!... Stockfer!... Hé! monsieur Stockfer!

Pas de réponse. Le blessé demeurait invisible.

Alors le châtelain entrevit un drame.

Son cerveau enfiévré lui représenta l'on ne savait quelle scène horrifique et terrible dans laquelle Termont et Stockfer avaient joué leur rôle tragique.

Il ne démêlait pas encore la vérité. Mais les deux découvertes qu'il venait de faire, dont l'une était lugubre et l'autre pour le moins surprenante, devaient se rattacher par un lien sinistre, se tenir, ne former que deux aspects de la seule et même catastrophe.

Il rentra, monta l'escalier, courut à la chambre de Marguerite, frappa...

La jeune fille semblait n'avoir rien entendu...

— Ma petite, cria M. Destieux, dors-tu?

Rien. Silence absolu.

Une angoisse s'empara du vieillard qui tourna le loquet de la porte, ouvrit...

Stupéfaction! La chambre de Marguerite était vide!... Le lit n'avait pas été défait!

Devant ce nouveau coup du sort, aussi imprévu que les deux précédents et plus terrible, M. Destieux éclata en sanglots.

— On me l'a prise! gémit-il. C'est hideux!... Je

perds la raison!... Mon enfant!... Ma fille!... Marguerite!...

Il ne fit qu'un bond jusqu'à la chambre de
Stockfer.

Elle était fermée à clef...

Le vieillard, dont la raison chancelait, brisa le
panneau de la porte à coups de pied.

Il se baissa, pénétra par l'ouverture.

Il avait hâte de savoir, et il tremblait d'apprendre.

Il se redressa.

Autre stupeur. Stockfer ne s'était point couché, et
il avait disparu.

Alors une clarté se fit dans l'esprit du malheureux
vieillard.

Cette corde... l'absence de Marguerite et du blessé...
Paul étendu dans l'allée...

— Damnation! pleura M. Destieux, Stockfer est
un misérable!

Il alla à la fenêtre, dénoua fiévreusement la corde,
la ramena à lui...

— Que fais-je? dit-il. Je perds la tête... J'ai le
cœur broyé... Il me l'a volée... Et moi qui dormais...
Je ne suis qu'un vieil imbécile!

Il redescendit. Ses yeux allaient avec égarement
des murs du couloir au plafond. Il levait les bras et
balbutiait des paroles sans suite.

Au salon, où il se retrouva peu après, la cuisinière
et la femme de chambre hochaient tristement la
tête.

— Que faites-vous ici? articula M. Destieux d'une
voix blanche.

— Hélas! monsieur, répondirent-elles, vous voyez.
Il est mort...

— Fuyez!... Allez-vous-en!

— Vous dites, monsieur?

— Je dis que Stockfer s'est sauvé et que Marguerite a disparu... Je ne suis qu'un pauvre vieux à qui
on a tout pris.

Les femmes sursautèrent.

— J'en mourrai, poursuivit M. Destieux. Allons,
vous, ne restez pas là à me regarder comme un phénomène! Vous n'avez pas compris? Marguerite est
enlevée... Je veux Marguerite... Il me faut Margue-

rite. Partez... Cherchez-la, ne revenez que quand vous l'aurez retrouvée... Voyez-moi ces figures de sorcières! Vous êtes complices, ma parole!

— Monsieur... hasarda la femme de chambre.

— Assez! coupa le vieillard en se saisissant d'un candélabre et en le faisant tournoyer. Déguerpissez! Ouste, voleuses d'enfants! Vous me l'avez volée! Ah! Ah! Ah!...

La folie dilatait ses prunelles. Il devenait menaçant et farouche. Les femmes se sauvèrent. Il les poursuivit de son rire douloureux.

— Pauvre homme! dit la cuisinière.

— Mes paquets, et vivement, déclara la voisine; je reviendrai quand notre maître sera calmé.

Demeuré seul en face de Paul toujours étendu, M. Destieux s'agenouilla.

— Mon petit! mon petit! gémit-il.

Il caressait de sa main osseuse et brûlante la main froide du jeune homme. Puis il se releva.

— Que fais-je ici? se demanda-t-il. Marguerite n'est plus à Fenouville et moi, je m'attarde à pleurer?

« Après tout, je n'ai peut-être fait qu'un mauvais rêve... Elle n'est pas partie... Stockfer ne s'est pas enfui... Je les retrouverai dehors...

Une colère le secouait maintenant, chassait l'abattement du début.

— Et puis, je *veux* la retrouver. Me la prendre, comme cela, à moi, son père?... Ce serait trop commode!... Nous allons voir!... Nous allons voir!...

Il prit son chapeau, sortit, ferma à clef toutes les portes du château, traversa le parc et s'en fut au hasard par la campagne.

Il n'était pas dehors depuis plus d'un quart d'heure que les gendarmes de la brigade mobile chargée de surveiller la région se présentaient à la grille et sonnaient.

Ils avaient reçu le matin même un télégramme leur enjoignant d'appréhender au corps le lieutenant déserteur Paul Termond.

L'absence prolongée du jeune officier et de son ordonnance Gustave Iroux n'avait pas été sans inquiéter le général qui attendait, dans les quarante-

— Ce silence ne me dit rien de bon, fit le brigadier. Ma foi, tant pis, à la guerre comme à la guerre. On ne nous accusera pas, quoi qu'il advienne, de ne pas chercher à accomplir notre devoir. Escaladons, les enfants!

Franchir une muraille n'était qu'un jeu pour les gendarmes. L'un poussant l'autre, l'autre hissant l'un, ils triomphèrent de l'obstacle et se trouvèrent bientôt tous dans le parc.

— A présent, dit le brigadier, ouvrons l'œil et le bon.

Ils battirent les massifs, vérifièrent les abords immédiats du château, n'oublièrent pas le pavillon du garde.

— Eh mais!... Eh! mais!... s'exclama celui des représentants de l'ordre qui se trouvait le plus éloigné de la petite maison, je vois une antenne sur la cheminée!

Les autres éclatèrent de rire.

— La foudre me décarcasse si je mens! Venez voir!

— Pas besoin... on verra de l'intérieur...

Le brigadier venait d'ouvrir la porte. Il s'écria aussitôt:

— Nom d'un pétard de nom d'un pétard! Le pot aux roses! Regardez-moi ça!

Du doigt, il montrait à ses subordonnés ébahis, puis outrés, l'appareil de télégraphie sans fil que Stockmann avait laissé sur la table.

L'espion, en effet, n'avait point procédé à un déménagement en règle.

Il était allé au plus pressé.

A peine avait-il compris qu'un visiteur se présentait de nuit à Fenouville qu'il s'était promis de tirer tout le parti possible de cette heureuse circonstance.

Le ronronnement de l'auto avait fait germer dans la cervelle du Boche un plan d'autant plus réalisable que la nuit venait à point pour en simplifier l'exécution.

Stockmann s'était fait portier. Il avait, de jour, étudié minutieusement les abords du pavillon, et il n'ignorait pas qu'un cordon reliait le portail à la maison du garde.

Ouvrir, laisser pénétrer Termond, l'assaillir par derrière, le terrasser et lui jeter au visage le contenu d'un flacon de narcotique puissant n'avait même pas demandé une minute au sinistre personnage.

Après quoi, revenant à la salle basse, Stockmann s'était saisi de Marguerite, toujours évanouie, l'avait transportée dans l'auto... Puis, en route...

Les gendarmes ignoraient tout de cette scène. Rien ne leur permettait de la reconstituer ou même de la soupçonner.

Ils arrivaient avec une idée préconçue. Cette idée se renforçait de la découverte que le hasard leur avait procurée et qu'ils mettaient sur le compte de leur perspicacité.

— Ce n'était pas seulement un déserteur, à ce qu'il paraît, prononça le brigadier.

— Espionnage en plus, renforça un gendarme. D'ailleurs, messieurs, si vous aviez des doutes...

Il se saisissait de papiers traînant sur la table, les brandissait.

Le brigadier s'en saisit et les examina.

— Une photographie de jeune fille, dit-il. Lettre d'amour de cette même jeune fille... Et ceci?... Oh! oh!... Ecoutez...

Il lut ce billet que Stockmann, quelques jours auparavant, avait rédigé alors qu'il méditait de perdre Termond dans l'estime de Marguerite :

Monsieur,

Nous vous faisons savoir par la présente que les conditions exprimées dans votre lettre de la semaine dernière ne nous satisfont pas. Vos prétentions sont vraiment exagérées. Lorsque vous vous êtes engagé au service de l'état-major allemand, vous saviez que vos dépêches ne vous seraient pas payées plus de quarante mark chacune. Nous vous devons 480 mark à l'heure actuelle.

Avec nos regrets de ne pouvoir vous augmenter, veuillez croire, monsieur, à notre haute considération.

VON WEBFELD.

Les gendarmes se regardèrent et hochèrent la tête.

— Bonne prise, dit l'un d'eux.

— Préparez vos revolvers, conseilla le brigadier. Peut-être le « délinquant » essayera-t-il de se défendre.

Tandis que l'escouade se préparait, Paul, dans le salon, revenait lentement à lui.

Il commença par soupirer faiblement. Puis il ouvrit les yeux, s'étira...

La vue des chaises et des tentures qu'il connaissait pour les avoir considérées à plusieurs reprises avant la guerre le frappa d'abord d'hébétude.

— Ah! ça... balbutia-t-il d'une langue encore lourde, où suis-je?...

Il se dressait péniblement. Ses bras tremblaient; sa tête lui pesait sur les épaules et dodelinait.

Il répétait, hagard:

— Où suis-je?... On dirait... le château... de Ferrouille...

La lucidité succédait peu à peu à la torpeur. L'étonnement décuplait ses forces renaissantes. Il se leva, fit un pas en avant...

Alors, le souvenir de son voyage après la fuite de la chapelle lui revint.

— Oui... l'auto... articula-t-il d'un ton saccadé. Je me suis arrêté devant le château cette nuit... Et puis la chute dans l'allée... le sommeil...

Là s'arrêtaient les images précises. Que s'était-il passé ensuite?... Comment se trouvait-il là, dans ce salon? M. Destieux et Marguerite l'y avaient transporté, sans doute...

Marguerite!... La jeune fille ne devait pas être loin... Il allait la voir, lui parler, ô bonheur!...

A ce moment, des coups sourds retentirent quelque part. On frappait du côté du perron...

Paul fit un effort pour aller vers la porte. Mais il avait trop présumé de son énergie. Ses genoux fléchirent et il n'eut que le temps de s'asseoir.

Les coups redoublaient d'intensité. Un bruit de voix arrivait confusément aux oreilles du jeune homme... Les voix se turent et furent remplacées par des pas... Quelqu'un marchait au premier étage, plusieurs personnes... des hommes, sans nul doute. Ils descendaient l'escalier, approchaient...

La porte s'ouvrit. Paul se releva, souriant, ne doutant pas que M. Destieux ne fût parmi les nouveaux arrivants...

Deux gendarmes apparurent.

— Nous le tenons, dit l'un.

— Au nom de la loi, dit l'autre, je vous arrête!

Pour si faible qu'il fût, Paul avait reculé d'un pas.

— Vous m'arrêtez? protesta-t-il. Il y a erreur!

— Peut-être. Qui êtes-vous?

— Je suis Termond, Paul Termond.

— Lieutenant?

— Oui.

— Envoyé en mission de quarante-huit heures?

— Oui.

— Alors, c'est ça... C'est bien vous... Nous vous arrêtons.

— Mais pourquoi? Pourquoi? clama Paul.

Les gendarmes se saisissaient de lui et lui passaient les menottes. Il essaya de se débattre.

— Je vous dis qu'il y a erreur... Je suis lieutenant, voyons!

— Justement, expliqua le gendarme. Vous avez déserté.

— Moi?

— Parbleu, pas la reine Pomaré!

— C'est faux! Je...

— Vous vous expliquerez devant le conseil de guerre.

Le brigadier arrivait sur ces entrefaites. Il s'était introduit dans le château, comme les deux gendarmes qui l'avaient précédé, en utilisant une échelle et en faisant un détour par la chambre de Stockmann.

Il fit subir au prisonnier un interrogatoire.

— Pourquoi ne portez-vous pas votre uniforme?

— Il m'a été pris, très probablement, répondit Paul. Je m'étais revêtu du costume que vous voyez pour tâcher de surprendre un espion...

Les gendarmes sourirent.

— L'espion, c'est vous, affirma le brigadier.

Termond eut un haut-le-corps.

— C'est trop fort! s'exclama-t-il.

— Nous avons la preuve, poursuivit le brigadier. Nous direz-vous d'où vient l'appareil de télégraphie sans fil que nous avons découvert dans la maison voisine de la grille?

— Sais pas, fit Paul. Un appareil de télégraphie sans fil?... Mais alors... ce serait mon espion qui l'aurait installé...

— Ingénieux, mais peu croyable, dit le brigadier. Nous expliquerez-vous aussi pourquoi vous vous êtes barricadé dans le château?

— Mais je ne me suis pas barricadé! affirma le jeune homme avec véhémence. Je ne sais ce que vous voulez dire. Ecoutez, messieurs, je suis ici depuis cette nuit seulement. Je viens de Saint-Pré en auto, la voiture peut en faire foi... L'on m'a attaqué dans l'allée...

— L'espion, sans doute? ironisa le brigadier.

— Justement, dit Paul. Ce ne peut être que lui... Je suis tombé et j'en étais à me demander comment il se faisait que je fusse ici quand vous êtes entrés... Je vous jure que je ne sais rien, rien...

— Vous ne receviez pas non plus de lettres de von Webfeld?

— Von quoi?

— Webfeld... Allons, un peu de franchise!

— C'est la première fois que j'entends prononcer ce nom.

— Pour de l'aplomb, c'est de l'aplomb, dit un gendarme.

— Emmenez-le! ordonna le brigadier.

Termond se récria.

— M'emmener! C'est une horrible plaisanterie! Je suis innocent, messieurs! M. Destieux vous le dira... Marguerite aussi... Où est M. Destieux? Qu'on l'appelle! Je veux le voir! J'exige...

Le brigadier eut un gros rire.

— Il exige!... Vous ne doutez de rien, vous! Faites-nous donc le plaisir de vous taire, mon ami. Quand on est dans votre cas, le silence est de rigueur.

Les gendarmes, dociles à l'ordre de leur chef, en-traînaient celui qu'ils venaient d'arrêter. Ils ouvri-

rent, de l'intérieur, une des portes donnant sur le
perron sans se soucier de fausser la serrure.

Paul, brisé, atterré, jetait de droite et de gauche
des regards avides dans l'espoir de découvrir Marguerite et M. Destieux. Même il les appela.

Mais ils ne répondirent pas à son appel, et pour cause.

— Hélas! gémit-il, ils m'abandonnent! Ils me
croient coupable! Quelle fatalité pèse donc sur moi?

Quelques minutes plus tard, encadré par les gendarmes qui le surveillaient de près, le malheureux
franchissait le portail, et, titubant autant de désespoir que de fatigue, prenait le chemin de la prison.

. . . .

Le soir du même jour, M. Destieux rentra chez
lui, morne et désemparé.

Il avait pour rien battu tous les environs, interrogé
les paysans, confié sa détresse aux bonnes femmes
de Fenouville.

— Ma petite, mon enfant... Avez-vous vu mon
enfant?

— Mamzelle Marguerite? Non, ma fé, l'avons
point rencontrée... C'est-y qu'elle serait partie?

Le vieillard poursuivait son chemin la tête basse.
Il était allé à la gare, où l'on n'avait pas vu la jeune
fille, où nul officier, nul lieutenant n'avait pris de
billet.

Cette disparition n'était pas seulement une douleur
sans nom pour le pauvre père Destieux, elle constituait une énigme impossible, en apparence, à déchiffrer.

Le vieillard traversa lentement le parc. Il marchait
courbé, le front bas, les lèvres tremblantes. Il avait,
en quelques heures, vieilli de plusieurs années.

Sur le perron, face au château, il se souvint de
Paul Termond.

— Ah! oui... c'est vrai, murmura-t-il avec une
infinie détresse. Un mort... Il y a un mort là-dedans!

Il prit machinalement la clef de la porte d'entrée, s'avança...

Surprise!... La porte était ouverte!

Une émotion grandissime doublée d'un espoir subit s'empara du vieillard.

— Elle est rentrée! se dit-il. Ma petite est rentrée... Et moi qui la cherchais!... Vieux fou!

Il pénétra dans le couloir et, de là, dans le salon.

Le corps de Paul avait disparu!

M. Destieux appela Marguerite, fit le tour des appartements...

Rien. Personne.

Il était seul dans l'immense maison.

Alors il fut pris de vertige et, dans l'ombre, murmura:

— C'est l'enfer!... Les morts eux-mêmes se lèvent et s'en vont... Je n'y suis plus... Je n'y suis plus...

Accablé, spectre de la désolation et de la crainte, le vieillard, accoudé au balcon de sa chambre, se mit à pleurer comme un enfant.

CHAPITRE X

PRISONNIÈRE...

Dans la nuit froide, l'auto que conduisait à présent Stockmann filait, rapide.

L'espion n'ignorait pas qu'en se risquant sur les routes à cette heure avancée, il enfreignait les ordres donnés aux chauffeurs. Mais il n'en avait cure.

Son unique souci était d'arriver à Saint-Pré avant le jour.

Une chance extraordinaire lui avait permis d'éviter jusqu'à présent les factionnaires et de franchir un pont au moment d'une relève de sentinelles.

Il faisait rendre au moteur tout ce que celui-ci pouvait donner, sur une route droite comme un I, que coupait malheureusement — ou heureusement — à quelques kilomètres de là la ligne du chemin de fer.

Devant la barrière fermée, Stockmann dut s'arrêter.

Un soldat vint au-devant de lui.

— Mon lieutenant, fit-il, je suis au regret...

L'espion tressaillit et n'écouta même pas la fin de la phrase.

Dans son inquiétude et sa peur d'être découvert, arrêté, pris et fusillé, il avait oublié qu'il portait un uniforme français!

— C'est bien, dit-il, je comprends que votre consigne est formelle, mais la mienne ne l'est pas moins. J'appartiens à l'état-major. Laissez-moi passer...

— Mais, mon lieutenant...

— Allez-vous me désobéir? gronda Stockmann. Faudra-t-il vous menacer du conseil de guerre?

Le soldat se tut et fit glisser les barrières sur leurs rails. Les autres hommes du poste dormaient.

Une voix désespérée s'éleva à ce moment de la limousine:

— Au secours!... A moi!... C'est un Allemand!

Marguerite, tirée de son long évanouissement, appelait à l'aide.

Mais les derniers mots de sa dernière exclamation se perdirent dans le fracas du moteur.

Le soldat, abasourdi, demeura quelques secondes indécis.

Quand il songea à épauler son fusil, il était déjà trop tard... l'auto disparaissait dans la nuit.

— Attends un peu, toi! grommela Stockmann.

La voyageuse devenait pour lui un danger. Il roula quelques minutes encore, puis stoppa en rase campagne.

Il sauta à bas de son siège, ouvrit la portière, se rua sur Marguerite.

Il y eut sur les coussins une lutte inégale et courte.

La jeune fille, maîtrisée, dut se laisser lier les mains derrière le dos au moyen d'un mouchoir.

— Lâche! Lâche! Misérable espion! haletait-elle entre deux vains efforts pour se libérer.

Quand il l'eut ligotée de la sorte, Stockmann la bâillonna avec un fichu.

— Crie, maintenant! ricana-t-il.

Il fit claquer la portière en la refermant après être descendu, puis il se remit au volant.

— Dans une heure nous arriverons, songea le Boche.

Tandis qu'il faisait force vitesse, Irma Wolfer, à Saint-Pré, passait par toutes les gammes de la colère et du dépit.

Elle n'avait pu triompher du patriotisme et de la fidélité de Paul Termond.

Le jeune homme, on s'en souvient, n'avait opposé que hauteur et dédain aux infâmes propositions de l'espionne.

Elle en avait souffert dans sa fierté. Les espérances qu'elle avait caressées d'un riche établissement s'écroulaient comme un château de cartes.

Son premier mouvement, en quittant la chapelle après son entretien avec le prisonnier, avait été un mouvement de féroce vengeance.

— C'est bien, grinçait-elle en se retirant. Il paiera de sa vie l'insolence dont il prétend m'écraser!

Et puis, les heures s'écoulant, la soif de vengeance d'Irma s'était muée en une cruauté plus froide.

— Je ne deviendrai pas sa femme, soit, se disait-elle. Mais j'aurai ses écus.

« Je lui promettrai la vie sauve à la condition qu'il me lègue, par écrit, toute sa fortune.

« Quand j'aurai le papier dûment signé, je lâcherai l'homme en lui annonçant qu'il est libre... Et il ira trouver la mort un peu plus loin, une mort que je lui aurai préparée.

« Je ne me suis jamais bien souciée de lui, au fond. Pour ses billets de banque, c'est une autre affaire.

« Et puis, sa mort est une nécessité. Lui vivant, je ne serais pas tranquille.

« Son patriotisme imbécile m'enlève toute sécurité. Halte-là! Je veux vivre, moi.

« Je lui offrais le moyen d'échapper aux balles.

En ne voulant rien entendre, il s'est lui-même condamné à mort. »

La Wolfer, qui n'avait jamais été aussi hideuse, s'assit en face d'un petit secrétaire et se mit à libeller ce qu'elle appelait, non sans rire méchamment, « l'acte volontaire de donation ».

Elle limait ses phrases, s'efforçant d'en éliminer toute ambiguïté, quand son chauffeur vint demander à lui parler.

— Vous m'embêtez, dit Irma. Oser me déranger de si bonne heure ! Que me voulez-vous ?

— Madame, répondit l'homme, c'est l'auto...

Il s'arrêtait, tortillant sa casquette entre ses doigts noueux.

— Eh bien, quoi, l'auto ?... fit-elle.

— Oui, balbutia le chauffeur ; la voiture... Je l'avais garée... Elle n'y est plus...

L'espionne se leva, bondit plutôt.

— Vous dites ?... On a volé l'auto ?

— Oui, madame.

En un éclair, Irma devina tout.

— Parti ! clama-t-elle ; il s'est enfui !

Elle courut à la chapelle et constata l'évasion du prisonnier.

Alors elle se prit à trembler.

Que n'avait-elle écouté Stockmann ? Que n'avait-elle ordonné l'exécution du prisonnier ?

Pendant la nuit, un radiotélégramme lui était parvenu : « *Ne pas surseoir* ». Et elle avait sursis ! Et maintenant, non seulement Paul lui échappait pour toujours, mais encore elle était menacée d'une dénonciation.

Elle revint affolée, dans le jardin qu'éclairait le jour naissant.

Elle n'avait pas franchi dix mètres que, devant elle, le portail du domaine s'ouvrit...

Dans l'encadrement elle aperçut l'auto, la même auto que Termond lui avait enlevée.

Elle ne douta pas un instant que le jeune homme ne revînt, accompagné des gendarmes.

Elle perdit la tête et s'enfuit à toutes jambes...

Une voix l'arrêta net un peu plus loin.

— Vous avez peur de moi, Irma ?

La Wolfer se retourna.

— Stockmann! s'écria-t-elle.

— Eh! oui, c'est moi... Pourquoi cette frayeur?

— Dans mon auto!...

— Votre auto?... C'est votre auto?

— Ah! ça... oui, certainement... Vous ne vous en êtes pas aperçu?...

— Votre auto! fit Stockmann. Mais alors... le voyageur... Vous êtes sûre?...

— Hélas! dit Irma.

Les deux Boches se regardaient, désemparés. Stockmann gronda:

— Vous l'avez laissé fuir... exprès?

— Je vous jure que non.

— Heureusement que j'ai pris mes précautions là-bas... Il n'échappe à un piège que pour tomber dans un autre.

Irma respira bruyamment.

— Vous me rendez la vie, sourit-elle.

— Mais, poursuivit l'espion, je ne sais si je dois vous confier maintenant un autre prisonnier. D'autant plus que c'est une prisonnière, par conséquent capable de toutes les ruses...

— Une prisonnière? s'étonna la Wolfer. Une prisonnière de Fenouville?

— Oui.

— Marguerite?

— Juste.

Irma battit des mains.

— Vous êtes un héros, mon cher, un véritable héros, déclara-t-elle. Je tremblais, figurez-vous, Marguerite... Où est-elle?

— Pas dans ma poche, à coup sûr. Vous divaguez encore, Irma!

— C'est juste, fit l'espionne. Mais comme je ne vois rien remuer là-bas... je n'entends rien non plus.

— On a pris ses précautions, sourit Stockmann. Où la mettrons-nous? Pas à la chapelle?

La Wolfer se mordit la lèvre.

— Il y a, fit-elle, près de la cuisine, une chambre aux fenêtres grillées.

— Je compte sur vous, dit-il...

L'espion revint à la limousine, ouvrit la portière, se saisit de Marguerite, la transporta dans la pièce indiquée.

Là, il lui délia les mains, lui ôta le bâillon qui l'avait presque étouffée.

— Vous voyez, ma belle, que je ne vous violente point, ricana-t-il. L'on va vous soigner comme une reine, et puis nous rentrerons en Allemagne.

La jeune fille poussa un gémissement étouffé. Tant d'événements la bouleversaient.

Stockmann se retira. Marguerite, alors, eut une crise de désespoir fou...

Elle se représentait la douleur de M. Destieux quand, au réveil, il s'apercevrait de la disparition de sa fille qu'il aimait plus que lui-même.

Elle se repentait à présent de n'avoir pas dit à son père, dès qu'elle avait soupçonné la vérité, que Stockfer n'avait pas les allures d'un hôte ordinaire.

— Ma discrétion m'a perdue, nous a tous perdus! songeait-elle amèrement. Hélas! si j'avais parlé!... Stockmann aurait été démasqué à temps, et Paul...

Marguerite frissonna.

Le souvenir de la dépêche tragique lancée par l'espion avant son départ de Fenouville lui revint.

Le mutisme qu'elle avait gardé était une cause indirecte de la mort de l'aimé.

— Il n'est plus!... balbutia-t-elle. Il dort pour toujours, et c'est moi qui... Malheureuse que je suis! Je ne mérite plus de vivre!... Séparée de mon père, veuve avant la lettre, menacée du déshonneur par un être vil, par l'assassin de mon fiancé!...

« Je veux mourir!... Je veux rejoindre mon Paul dans la tombe!... Ce sera notre mariage à nous... D'ailleurs mon père ne survivra pas au coup qui le frappe. Le suicide est une lâcheté?... Ne serais-je pas mille fois plus lâche si j'acceptais l'horrible situation dont on me menace?

Elle roulait ainsi de sombres pensées dans sa pauvre tête enfiévrée et se fortifiait dans la résolution d'en finir quand la porte de la chambre-prison s'ouvrit...

Une femme entra. Marguerite eut un cri :

— Irma!

— Bonjour, ma mignonne, dit la Wolfer.

— Irma!... Vous!... fit la jeune fille. M'expliquerez-vous... Enfin j'ai une amie... Vous êtes prisonnière aussi?

— Prisonnière? Pas le moins du monde, sourit l'espionne. Vous êtes à Saint-Pré, ma chère, au domaine de Saint-Pré.

Marguerite eut un haut-le-corps.

— Alors... balbutia-t-elle, vous savez...

— Je sais tout, dit Irma.

Marguerite recula d'un pas.

— Je ne comprends plus, articula-t-elle.

— Auriez-vous perdu à ce point la lucidité? railla la vile créature. Quand je vous ai quittée, cependant, en juillet, vous ne divaguiez pas, mais pas du tout. Vous ne m'avez point dit, petite cachottière, que vous alliez épouser Paul Termond... Je croyais avoir droit à plus de confiance de votre part et le silence que vous avez gardé m'est apparu comme une insulte voulue. Les choses, depuis, m'ont bien vengée...

— Que voulez-vous dire? frissonna Marguerite.

— Je veux dire que le mariage dont vous tiriez vanité ne se fera pas, et que...

— Écoutez, coupa la jeune fille, j'ai eu tort... grand tort... Il ne faut pas m'en vouloir... Paul m'avait dit que vous l'aimiez...

— Moi? ricana l'espionne; moi, aimer ce paltoquet? Ah! Ah! Ah!

— N'insultez pas à sa mémoire et écoutez-moi...

— Il l'a bien vu d'ailleurs, depuis, et je ne lui ai pas caché que je le méprisais...

Marguerite sursauta.

— Vous lui avez parlé ?... Vous?...

— Oui, moi.

— Où?

— Ici.

— Ici!...

— Parfaitement.

— Quand?

— Avant-hier.

— Avant-hier!...

La jeune fille considérait l'espionne avec horreur.

— Alors!... dit-elle, vous seriez... Vous auriez reçu cette nuit...

— Un message par « sans fil », certainement.

— Abominable sorcière! clama la prisonnière. Complice d'assassin!... Vous me l'avez tué!...

— Les grands mots, à présent, goguenarda la Wolfer. Vous avez de l'éducation, ma petite!

— Où est-il? pleura Marguerite. Je veux le voir... Vous n'avez pas le droit de nous séparer... Je veux le voir... Ils l'ont tué!... Je veux... Je serai forte... Conduisez-moi...

Sa voix se faisait saccadée, impérieuse. Irma gardait le silence.

— Mais parlez donc! cria la jeune fille. Avouez votre crime! Où est Paul?

— Vous ne savez pas ce que vous dites, articula la Wolfer.

— Où est Paul? Je veux l'embrasser... Il dort... Il attend mon baiser... Je perds la raison, mais c'est de votre faute. Oh!... je parle à une femme assassin!... Où est Paul?

— A Fenouville.

Marguerite eut un rire sinistre.

— Ne me raillez pas, dit-elle, je souffre trop. Où est-il?

— A Fenouville, répéta l'espionne. Je devais ordonner son exécution et j'ai trahi la confiance de Stockmann. J'ai eu pitié de votre fiancé. Il se traînait sur les genoux pour ne pas mourir, il m'implorait en me baisant les mains. Vous comprenez, on se débarrasse d'un ennemi, mais on ne craint plus une loque. Il était pitoyable, vraiment. Ce n'est pas un homme, mais un trembleur. Je lui ai donné la clef des champs.

— Elle retourne le poignard dans la plaie! gémit Marguerite. Elle n'ose avouer...

— Faut-il vous jurer que je ne mens pas?

La jeune fille regarda l'espionne et comprit que celle-ci disait la vérité.

— Il vit, s'écria-t-elle avec une joie sauvage. Il vit!... Oh!... je suis heureuse!

Puis, à la Wolfer:

— Oubliez ce que je vous ai dit de blessant... Vous vous êtes trompée... Paul n'est pas un trembleur...

Il craignait que sa mort n'entraînât la mienne, parce que j'ai fait le vœu de ne pas lui survivre... Mais vous ne saviez pas, vous ne pouviez pas savoir... Je vous ai blessée... Je vous demande pardon. Vous êtes bonne, vous valez mieux que moi... Paul est à Fenouville et vous trahissiez Stockmann... Vous avez raison, Stockmann est un être vil et méprisable, un espion... Mais vous, vous avez du cœur... J'allais me tuer, figurez-vous... Mais à présent je veux vivre, oui, vivre pour l'aimé qui doit frémir d'inquiétude. Mais je vais le rassurer bientôt. Ce Stockmann m'a enlevée... Laissez-moi partir, vous... Je vous en garderai une éternelle reconnaissance... Ce Stockmann me fait peur. Je ne lui aurais jamais appartenu. Laissez-moi partir, Irma, ma bonne Irma.

Marguerite joignait les mains, versait des larmes, priait, implorait tout à la fois. Irma secoua négativement la tête.

— Non non, ma petite, dit-elle.

— Quoi ? fit Marguerite, vous...

— Pas d'équivoque entre nous, expliqua la Wolfer. Je ne compte point sur la reconnaissance de votre Paul Termond. Peut-être, à l'heure actuelle, pour me remercier de mon geste, m'a-t-il déjà dénoncée. Car je suis Allemande, et il le sait. Car je renseigne l'état-major allemand, moi aussi, et je facilite sa tâche à Stockmann. Loin d'en rougir, je m'en glorifie. Paul se targue de son patriotisme. Bêtise, ma petite, pure bêtise. Son patriotisme lui coûtera cher. Je vous tiens, je ne vous lâche pas encore!

Marguerite pâlit.

— Que voulez-vous de moi? demanda-t-elle.

— Un tout petit service, répondit Irma. Nous ne pouvons, Stockmann et moi, demeurer plus longtemps ici sans danger. Nous allons boucler nos malles et quitter la France. Vous serez du voyage, car nous vous emmenons.

— Jamais! s'écria la jeune fille. Je ne vous suivrais pas!

Irma haussa les épaules.

— Vous nous suivrez affirma-t-elle. Et je vais écrire à Paul que je ne vous rendrai à votre famille que le jour où il m'aura, lui, envoyé la rançon qu'il me plaira de fixer. La personne de Paul, les yeux de Paul, le sourire de Paul sont de pauvres rogatons que je vous abandonne... ou plutôt que je vous abandonnerai s'il est raisonnable. J'aime l'or et les billets bleus, moi, c'est mon faible. Paul vous rachètera s'il veut vous avoir. Je fais ma guerre aussi, Ah! Ah! Ah!...

Marguerite, en entendant ces mots, éprouva une indicible répulsion en même temps qu'elle sentit ses craintes redoubler.

Prise entre Irma Wolfer et Stockmann, emmenée par eux, elle se voyait perdue.

— Je vous en supplie, dit-elle, rendez-moi la liberté. Vous aimez l'or? Mon père vous en enverra... je lui dirai...

— Ta ta ta! fit l'espionne. Un tiens vaut mieux que deux tu l'auras. Au revoir, ma petite.

Irma disparut, referma la porte. Marguerite, hagarde, désemparée, resta seule avec son désespoir.

CHAPITRE XI

TÉNÈBRES ET LUMIÈRE

Paul Termond était, depuis quatre jours, le plus malheureux des hommes.

Une accusation terrible pesait sur lui, dont il n'avait pu se libérer.

Devant le colonel de son régiment il avait juré qu'il était innocent du crime de désertion dont on le chargeait. Il était allé à Saint-Pré, y avait emprunté des vêtements civils pour agir avec plus de chances de succès, etc... Il racontait les choses telles qu'elles s'étaient passées. Mais les officiers supérieurs qui l'écoutaient hochaient la tête.

— Invraisemblable, disaient-ils.

— Messieurs, enquêtez... Allez à Saint-Pré, à Fenouville!...

— C'est déjà fait.

— Je vous jure sur l'honneur que vous accusez un innocent!

Le colonel haussait les épaules.

— Il m'est pénible de constater que vous avez failli au devoir, articulait-il, mais les faits sont les faits. Il est commode à vous de dire que vous ne vous souvenez de rien, que vous ne savez rien, que tout s'est passé en dehors de vous. Vous ne pouvez nier l'existence des appareils de télégraphie sans fil, pas plus que celle de la lettre du major von Webfeld. Le conseil de guerre appréciera.

Paul avait renouvelé ses serments, mais cela ne l'avançait guère.

Tous le croyaient coupable, même M. Destieux, même Marguerite...

Pourquoi son futur beau-père et sa fiancée n'avaient-ils pas empêché qu'on l'arrêtât?

Pourquoi n'avaient-ils rien tenté auprès de l'autorité militaire pour essayer de le disculper?

L'idée qu'il était perdu dans l'estime de celle qu'il aimait par-dessus tout lui causait une souffrance atroce.

— Je mourrai, se disait-il, j'ajouterai mon nom à la liste trop longue, hélas! des victimes d'erreurs judiciaires, mais je veux qu'*elle* sache.

Elle ne doit pas avoir à rougir de moi.

Il avait demandé du papier, une plume, de l'encre. Et, le soir même, il écrivait:

Marguerite,

Sur l'honneur, je suis innocent. L'on m'a arrêté à Fenouville parce que j'avais dépassé le délai qui m'avait été imparti par mes chefs pour découvrir et désarmer un espion allemand.

Celui-ci se nomme Stockmann. Tu l'as vu au château puisqu'il y est allé. Sous quel prétexte et sous quel nom s'est-il présenté? je l'ignore. Il a pour infâme associée Irma Wolfer, de Saint-Pré. J'avais réussi à m'évader du domaine, où l'on me retenait prisonnier, et je venais vous prévenir de la comédie jouée à Fenouville par Stockmann. Celui-ci veillait, sans doute, puisqu'il a réussi à s'enfuir après m'avoir traîtreusement mis à mal.

Personne ne veut me croire ici. La justice militaire est expéditive, et je serai condamné et fusillé avant d'avoir pu prouver ma bonne foi. Je ne tremble pas devant la mort. A un moment où tant de braves tombent sur les champs de bataille, l'existence apparaît moins précieuse.

Mais je ne veux pas que tu me croies coupable. Je te demande comme une ultime faveur, au nom de l'amour que tu me portais et que, moi, je te porte

Je suis digne de toi, Marguerite. Je n'ai jamais fauté. Je veux que tu me dises que tu es convaincue de mon honnêteté. J'affronterai les balles du peloton d'exécution d'un cœur tranquille si tu m'écris que tu ne doutes pas de ma loyauté.

Une fatalité pèse sur moi, sur nous. Il fut un temps très lointain où nous parlions de bonheur et d'avenir. Hélas! Nous courions à la séparation et à la nuit. J'accepte mon sort faute de pouvoir me révolter contre lui. Je te dis adieu, adieu pour toujours, mon adorée. Je vais mourir. Mais, pour moi, pour ma mémoire, pour que mon image et mon nom te laissent le doux souvenir de quelqu'un qui t'aimait parce qu'il était digne de te presser sur son cœur, je te conjure d'aller aux preuves.

Réponds-moi. Réconforte-moi. Le malheureux que je suis te crie sa détresse.

PAUL

La lettre était partie. Paul attendait fiévreusement la réponse... Mais celle-ci tardait à venir.

Trois jours s'étaient écoulés, le quatrième pointait, et rien, pas un mot.

Un officier était venu annoncer à Paul que le conseil de guerre allait se réunir.

A peu près à la même heure, M. Destieux prenait, à Fenouville le train pour Saint-Pré.

Dans la matinée il avait reçu la visite du brigadier de gendarmerie.

— Venez-vous me donner des nouvelles de ma fille? avait demandé le vieillard.

Le brigadier ne savait rien concernant Marguerite. Ses hommes s'étaient lancés dans toutes les directions le jour où M. Destieux avait prié l'autorité d'effectuer des recherches. Ils n'avaient rien vu; nul indice ne leur permettait de hasarder une opinion sur le sort de la jeune fille.

Le brigadier, en y réfléchissant bien, avait fini par s'arrêter à une hypothèse qui ne s'échafaudait que sur des soupçons, à vrai dire, mais qu'il se promettait de vérifier dans la mesure du possible.

— Depuis quand votre hôte était-il à Fenouville?

— Le lieutenant Stockfer?

— Termond, Termond, ne confondons pas... Ce Stockfer est un pur produit de votre imagination...

Le vieillard s'était récrié.

— Alors, je mens?...

— Je ne vous accuse pas de mensonge, articulait le brigadier. Cependant la disparition de votre fille coïncidant avec l'arrestation de Termond...

— L'arrestation?... Quelle arrestation?... Vous avez arrêté Termond, vous? Quand?...

— Vous n'y étiez pas, monsieur Destieux. Et votre absence m'a même fait réfléchir. beaucoup depuis, beaucoup, je vous assure...

Le vieillard leva les bras au ciel.

— Mais vous l'avez enterré, n'est-ce pas?

— Qui?

— Paul... Paul Termond... Parce qu'il était mort depuis la veille lorsque vous vous êtes présenté ici...

Le brigadier tourna les talons.

— Rien à faire avec un fou! songea-t-il. La fuite de la demoiselle a tourné la boule du papa. Termond était de connivence avec Marguerite. Je suis convaincu à présent. Le vieux n'y a vu que du feu...

M. Destieux, après que le brigadier eut quitté le château, se mit à marcher à grandes enjambées par les allées du parc.

Cette histoire d'arrestation, dont il n'avait pas encore eu connaissance parce qu'au bourg de Fenouville où il était allé une seule fois depuis la catastrophe, nul n'avait osé lui en parler, cette histoire le dépassait, lui faisait croire à une macabre mystification, transformant sa fièvre en folie véritable.

Le facteur, qui passait devant la grille à ce moment, s'arrêta.

— Une lettre pour vous, M. Destieux, dit-il.

Le vieillard prit le pli... Si c'était Marguerite...

Il jeta un coup d'œil sur l'enveloppe et reconnut l'écriture de Paul.

Il tressaillit violemment.

— Ainsi, Paul n'était pas mort!...

M. Destieux décacheta avec une hâte tremblante.

Il lut de bout en bout la missive du prisonnier,

bégayant à haute voix les phrases essentielles, celles qui éclairaient d'un jour définitif une situation jusque-là obscure.

— Parbleu! s'écria-t-il. C'est l'évidence même!... Je ne suis qu'une ganache. Ce Stockfer nous a roulés comme il a voulu... Conseil de guerre!... Irma Wolfer, de Saint-Pré!... Horrible et délicieux! J'avais des coquilles sur les yeux, et ces coquilles tombent...

Il courut au château et écrivit sur-le-champ à Paul:

Mon cher petit, j'ignorais tout. Marguerite a été enlevée. Je me lance à la poursuite du ravisseur. Je ne doute pas un instant de ton innocence

Il ne se demandait point, le pauvre vieux, si son billet n'arriverait pas après l'heure fatale. Il n'avait pas constaté que la lettre écrite par Paul avait mis quatre jours pour parvenir à Fenouville.

Maintenant, dans le train qui l'emportait vers Saint-Pré, il relisait l'appel du malheureux lieutenant; et l'indignation le soulevait, lui suggérait des images de vengeance. Il ne doutait pas du succès de sa tentative. Il délivrerait Marguerite, d'abord, car elle devait être à Saint-Pré. Et puis il ferait arrêter le couple hideux de Boches qui, l'un après l'autre, avaient abusé de l'hospitalité qu'on leur avait offerte un peu à la légère.

Le vieillard comptait les minutes qui le séparaient encore de la station terminus.

Tandis qu'il s'impatientait, un drame d'un autre genre se déroulait chez Irma Wolfer.

Gustave Iroux, dont il n'a plus été parlé depuis le coup de force qui avait abouti au meurtre du vieux garde et à « l'arrestation » de Paul et de son ordonnance, Gustave Iroux entrait en scène.

Tout comme Paul il avait été enfermé.

Tout comme Paul, il était sans nouvelles de ses compagnons de lutte.

Son premier soin, après que les comparses de

Stockmann l'avaient abandonné à son sort, avait été d'inspecter le local dans lequel on l'avait enfermé.

— L'évasion me sera difficile, murmurait-il en considérant la hauteur des murs de l'espèce de grange qui lui était dévolue comme lieu de captivité. Néanmoins, je ne désespère pas de réussir à recouvrer la liberté...

« Qu'on m'en donne le temps seulement. »

La grange n'était pas plafonnée.

Une maîtresse poutre, placée horizontalement à trois mètres de hauteur, eût permis d'atteindre au toit.

Mais il fallait se hisser jusqu'à la poutre.

Iroux, rompu à toutes les ruses du chasseur et du paysan, sourit en constatant qu'il y avait de la paille sur le sol.

Il examina cette paille et fut tout heureux de voir qu'elle était humide.

Elle avait servi de litière. C'était là le lit qu'on réservait au prisonnier.

Ce dernier n'en prenait pas ombrage. Il s'agenouilla, saisit la litière à poignée et entreprit, en tordant la paille, de confectionner un lien.

Il s'interrompait au moindre bruit, dissimulait le bout de câble ainsi obtenu, reprenait sa tâche quand il pensait qu'on ne viendrait pas le déranger.

Ce travail était long plutôt que difficile. Iroux disposa bientôt d'une sorte de liane assez résistante pour supporter le poids d'un homme.

Il l'enroula, fixa l'une des extrémités à sa ceinture et s'efforça en lançant le câble, de lui faire franchir la partie supérieure de la poutre.

Il n'y réussit qu'après de multiples tentatives.

Alors, tressant ensemble les deux portions de lien qui pendaient de part et d'autre de l'énorme solive, il consolida la corde grossière à laquelle il allait demander son salut..

Ayant exercé quelques tractions préalables, il se risqua...

L'ascension fut laborieuse. Il arriva néanmoins à la poutre, s'y agrippa, se mit dessus à califourchon.

S'il n'eût écouté que l'instinct, Iroux se fût empressé de poursuivre l'avantage qu'il devait à son industrie autant qu'à sa force.

Mais il songeait à Paul.

— Que mon lieutenant soit dans le même cas que moi, se disait le brave soldat, j'empêcherai certainement son évasion si je « vends la mèche »...

Il défit le câble brin à brin, jetant les poignées de paille à droite et à gauche.

Alors, mais alors seulement il rampa jusqu'à l'endroit où le toit, en s'abaissant, se rapprochait du mur.

La nuit venait, qui favorisait les desseins du prisonnier.

D'une main experte Iroux déplaça des tuiles.

Il craignait seulement que le bruit ne vînt à le trahir.

Par bonheur, personne ne le dérangea.

Il se glissa par l'ouverture quand celle-ci fut suffisamment grande. La précaution qu'il avait prise de repousser les tuiles au-dehors lui permit de recouvrir la partie de toiture mise à nu.

Il rampa de nouveau jusqu'à la gouttière du bâtiment et profita de ce que les branches d'un arbre affleuraient à la partie supérieure du mur pour descendre...

Iroux, dans le jardin du domaine était libre à moitié.

Il réfléchit avant de prendre une direction.

— Je ne veux pas retourner là-bas sans mon lieutenant, murmurait-il.

Là-bas, c'était à la ligne de feu.

Le brave garde-chasse poursuivait :

— Abandonner mon chef serait, dans les circonstances présentes, une véritable désertion. Il faut que je le retrouve et que je le délivre... Je ne puis l'appeler... Je ne sais où il est...

Problème embarrassant...

A force d'y réfléchir, Iroux entrevit une solution.

— Parbleu! fit-il, c'est cela... Stockmann doit savoir, lui. Il faudra bien que Stockmann parle...

L'ex-garde-chasse, on s'en souvient, connaissait la région de longue date.

Il se faufila jusqu'à la route bordant le domaine

et, profitant de l'obscurité, se rendit à la maison du docteur que Stockmann habitait depuis son arrivée à Saint-Pré.

Cette maison donnait d'un côté sur la rue principale du bourg, de l'autre sur un jardin.

Ce fut au jardin qu'Iroux alla tout d'abord se blottir.

Il attendit, espérant qu'au jour l'espion sortirait.

Mais, de toute la matinée, Stockmann demeura invisible.

Les fenêtres de la maison ne s'ouvrirent même pas.

Iroux, alors, comprit que le Boche s'était absenté.

Il n'avait certainement pas quitté Saint-Pré pour toujours.

Quand on se livre à la besogne infâme qu'était celle de Stockmann, on ne laisse pas derrière soi des gens qui peuvent vous dénoncer...

— Il reviendra, se dit Iroux. Et moi, je serai là pour là pour le recevoir.

Le soldat se mit en devoir d'entrer dans la maison. C'était chose relativement facile car nul ne le voyait et par conséquent ne le dérangeait pendant qu'il se battait avec les serrures.

Trois jours durant il vécut là, ignoré des voisins, ignorant lui-même ce qui se passait dans les alentours.

Il commençait à trouver le temps long et à se demander s'il n'avait pas commis une lourde bévue lorsqu'un grincement de clef se fit entendre du côté du corridor.

Iroux disparut derrière une tenture.

Des pas retentissaient maintenant, se rapprochaient... Stockmann revenait...

Pas pour longtemps, d'ailleurs. Après un conciliabule avec Irma Wolfer, les deux misérables avaient décidé de s'enfuir et de regagner l'Allemagne.

Ils emmèneraient Marguerite. La Wolfer en tirerait de l'argent par le moyen que l'on sait; Stockmann assouvirait la passion que les résistances de la jeune fille avaient exaspérée.

On partirait en auto; on ferait un long détour par la Suisse.

Stockmann avait de faux passeports. Irma, de son côté, possédait, comme on dit, des papiers en règle.

On terroriserait Marguerite jusqu'à la frontière; là, on rendrait la prisonnière muette au moyen d'un stupéfiant.

Une fois en Allemagne, elle pourrait crier, implorer, se tordre les bras...

Stockmann rayonnait. Ses exploits d'espion lui vaudraient, dans son pays, la réputation d'un homme brave. Il eût pris tout de suite le chemin de Pontarlier, avec sa complice et sa victime, s'il ne lui avait fallu, auparavant, retourner à la maison du docteur.

— J'y ai quelque argent, déclara-t-il.

Il mentait. Il n'y avait pas laissé un mark. Il venait seulement fouiller parmi les armoires et les commodes, pour s'emparer des bijoux qui lui tomberaient sous la main.

Il se félicitait déjà de l'idée, excellente selon lui, qu'il avait eue et s'apprêtait à ouvrir un tiroir quand un bolide lui tomba sur le dos.

Une voix, en même temps, s'écriait :

— Revanche !

Stockmann blêmit. Cette attaque soudaine l'écrasait de terreur, lui ôtait tous ses moyens de défense.

— Grâce!... Doucement!... Kamarade!... Causons!... bégayait-il en voûtant le dos.

— Causons, qu'tu dis?... Attends! fit Iroux... j'ai pas l'habitude de cogner par derrière... Regarde-moi...

D'une poussée à l'épaule, le soldat obligeait Stockmann à pirouetter.

— Tu me r'connais? demanda Iroux.

L'espion, qui croyait d'abord avoir affaire à une escouade, n'apercevant en tout et pour tout qu'un seul homme devant lui, reprit de l'aplomb et se mit en garde.

— C'est ça, dit Iroux. Atout!...

Un formidable coup de poing dans la figure mit knock-out Stockmann qui chancela, puis s'écroula devant l'armoire qu'il se proposait de piller l'instant d'auparavant.

Iroux avait de la corde en réserve.

Il lia solidement les bras et les jambes de l'espion,
puis il attendit.

Bientôt Stockmann rouvrit les yeux.

Il n'eut pas plutôt conscience de la situation dans
laquelle il se trouvait qu'il se reprit à gémir.

— Grâce!... Pas de violence!... Grâce!...

— Où est mon lieutenant? demanda Iroux.

Stockmann, qui avait troqué chez Irma l'uniforme
de Termond contre des vêtements moins voyants,
hésitait à répondre, ou, peut-être, n'avait pas saisi
la question.

— Mon lieutenant, où est-il? redemanda Iroux.

— Parti, souffla le Boche.

— Tu mens, dit le soldat. Tu mens, et je vais
brûler la cervelle.

— Non! non!... Il s'est évadé... Il est allé à Fenville...

Iroux hausa les épaules et prit un revolver qui trnait sur la table.

— Tant pis pour toi, articula-t-il.

Comme il abaissait l'arme et visait Stockmann à
tête, un grondement d'auto partit de la rue, s'arrdevant la maison...

Iroux dressa l'oreille...

Quelques secondes plus tard, quelqu'un sonna...

— Tiens, tiens, fit Iroux.

Il s'éloigna, alla au corridor, se pencha sur le judas
de la porte, aperçut le visage d'Irma.

L'espionne, qui brûlait de quitter Saint-Pré, venait prier Stockmann de hâter ses préparatifs. Elle
comptait le prendre au passage.

Iroux tressaillit de joie en reconnaissant la triste
créature.

Il ouvrit. La Wolfer entra.

— Pressons-nous, dit-elle. J'ai conduit moi-même
la voiture jusqu'ici... Je surveille la petite... Pressons-nous...

— Ah! vous surveillez la petite?... Quelle petite?
interrogea Iroux.

Irma sursauta et voulut s'enfuir.

Cette voix... cette blouse...

— Halte-là! dit le garde en refermant la por

— Laissez-moi, laissez-moi partir, balbutia l'espionne. Dites à M. le docteur...

— Bas le masque! articula Iroux. Il n'y a pas de docteur ici, et vous le savez bien. Il n'y a qu'un espion dont je me suis rendu maître. Quant à vous, entrez dans cette chambre-ci!

Le revolver que tenait le soldat rendait l'ordre péremptoire.

Irma s'engouffra littéralement dans la pièce que désignait Iroux.

Ce dernier referma la porte à clef; puis il fit trois pas et gagna la rue.

Alors un spectacle inattendu le frappa d'ahurissement.

A moins de dix mètres, sur le trottoir, M. Destieux sa fille pleuraient dans les bras l'un de l'autre!

Les habitants sortaient de leur maison, accouraient, surpris d'une scène à laquelle ils ne comprenaient rien.

Ce qui s'était passé, on le devine.

M. Destieux, aussitôt descendu du train qui l'avait conduit à Saint-Pré, s'était dirigé vers le domaine d'Irma Wolfer.

Il avait croisé l'auto de l'espionne au moment où celle-ci se trouvait subitement aux prises avec Iroux.

Marguerite, qui s'était embarquée sous la menace d'Irma, et aussi dans l'espoir qu'un incident de route lui permettrait de recouvrer la liberté, avait à peine constaté la disparition dans la maison du bourreau femelle qu'elle avait essayé d'ouvrir la portière de la voiture dans le but de se sauver.

Mais la portière résistait; elle était solidement fermée.

Marguerite, désespérée, relevait la tête et allait appeler à l'aide quand elle avait aperçu M. Destieux...

— Mon père! s'était-elle écrié, mon père!... A moi!... A moi!...

Le vieillard accourait, tirait Marguerite à lui, la délivrait...

Maintenant ils se tenaient étroitement enlacés. Sans souci de l'attroupement qui se formait autour d'eux, ils criaient leur joie d'être de nouveau réunis.

— Je savais bien, riait le vieillard, je savais bien, va qu'*ils* ne t'emmèneraient pas...

A ce moment Iroux fendit le cercle des curieux. Marguerite et M. Destieux reconnurent leur ancien garde.

— Que fais-tu ici? demanda le maître de Fenouville.

— Je cherche mon lieutenant, répondit Iroux. Vous le cherchez aussi, puisque vous voilà.

— Paul! s'écria Marguerite. Pourquoi n'avez-vous pas emmené Paul?

— Alors, fit Iroux, c'est bien vrai? Il est chez vous?

— Hélas! soupira M. Destieux.

La jeune fille porta la main à son cœur.

— Quel malheur nous menace encore? articula-t-elle d'une voix blanche.

— Paul a été arrêté et emprisonné...

— Arrêté!

— On l'accuse de trahison et d'espionnage... Cet ignoble Stockfer... Stockmann...

— Trahison? Espionnage? clama Iroux. Ben mon vieux! On va voir! On va voir!... Les espions sont bouclés à c't'heure, et c'est moi qui accompagnerai le Stockmann! Il est là, dans la casbah d'à côté...

Cette déclaration mit en fureur les habitants qui l'entendirent.

Ils se ruèrent vers la maison du docteur et en eussent forcé l'entrée si les gendarmes de la brigade mobile, qui passaient justement, ne s'y fussent opposés.

Ils continrent les furieux et, quelques minutes plus tard, se saisirent de Stockmann et d'Irma Wolfer.

Le lendemain, le colonel du régiment auquel appartenaient Paul Termond et Gustave Iroux ne fut pas peu surpris de recevoir, dans la masure aux trois quarts ruinée par les obus où il avait élu domicile, la visite d'un vieux monsieur et d'une jeune fille.

— Je viens, déclara le vieux monsieur, vous apporter les preuves de l'innocence d'un de vos lieutenants injustement accusé...

Le colonel fronça le sourcil.

— Ah! oui, Termond? fit-il. Sa cause ne me paraît guère défendable.

M. Destieux conta de bout en bout ce qu'il savait. A peine achevait-il son récit que le soldat Iroux se présentait à son tour. Il apportait des papiers, un rapport de la gendarmerie...

Le colonel pâlit.

— Dans mes bras, Iroux, dit-il. Tu es un héros... Et moi... et moi... Hélas!... Nous avions conclu trop vite!

Puis, se tournant vers M. Destieux et Marguerite à qui ces mots communiquaient un frisson d'angoisse :

— Je crains, dit-il d'une voix tremblée, que vous n'arriviez trop tard... Le conseil de guerre devait se réunir hier à Bordemont.

« Prenez une des voitures de l'état-major, ajouta-t-il. Je vais parler au général qui vous donnera un mot... Hâtez-vous. Quel malheur si... Hâtez-vous; on ne peut jamais savoir... »

Marguerite défaillait. M. Destieux dut la soutenir jusqu'à la voiture. Celle-ci démarra après que le général, au su des événements, se fut empressé de libeller un billet ainsi conçu :

Arrêter procès Termond. Erreur.

A quelques kilomètres de là, dans une école transformée en hôpital, Paul Termond, étendu sur un lit, rouvrait lentement les yeux.

Il avait, la veille, une heure avant sa comparution devant le conseil de guerre, essayé d'attenter à ses jours en se plongeant à deux reprises un couteau dans la poitrine.

Le conseil ne s'était pas réuni. Mais le geste de l'accusé était apparu comme un aveu aux yeux de tous. Et l'on n'allait pas manquer de condamner à mort le lieutenant Termond pour crime de haute trahison.

Cependant les blessures de Paul, quoique graves, ne mettaient pas ses jours en danger.

On l'avait relevé, transporté à l'hôpital. La justice n'entendait pas qu'un particulier, fût-il l'accusé, se substituât à elle. On soignerait le blessé... condamnation, puis l'exécution du condamné... raient lieu qu'après.

Paul a eu un long, très long évanouissement. On l'a cru mort. Mais non, pourtant... il revient à la vie...

Il promène autour de lui un regard plein de tristesse et d'horreur.

Il se souvient... Il souffre dans sa chair, dans son cœur et dans son âme...

Mais voici qu'il tressaille...

La porte de la salle vient de s'ouvrir et une apparition radieuse lui fait perdre le sens des cruelles réalités...

Marguerite est là, avec son père... Ils cherchent quelqu'un des yeux... Ils aperçoivent Paul et vont à lui.

Oh! la douce, l'exquise hallucination! fièvre et volupté des songes!... Marguerite est au chevet de Paul... Elle se penche, lui parle, lui saisit la main...

Paul tressaille une seconde fois...

Ce contact... cette voix... Il ne rêve donc pas... ces mots, qu'il entend, ces sourires, ce papier que M... tieux brandit, est-ce donc vrai, bien vrai, bien réel?... Il le demande tout haut...

— Oui, mon aimé, répond Marguerite. Nous sommes arrivés assez tôt pour te sauver... Bienheureuses soient tes blessures, car sans elles c'était pour nous la nuit à jamais...

Paul songe bien à ses blessures maintenant! Il est brisé d'émotion... Un indicible bonheur le transfigure...

EPILOGUE

Deux mois se sont écoulés.

Le château de Fenouville est en fête.

M. Destieux, rajeuni de dix ans, va et vient, donne des ordres à la cuisinière, à la femme de chambre qui sont revenues, et aussi aux garçons spécialement engagés pour préparer et servir le repas de noces.

Car c'est aujourd'hui qu'a lieu le mariage de Paul Termond et de Marguerite Destieux.

Le jeune homme est entièrement remis de ses blessures.

Sanglé dans son uniforme bleu horizon sur lequel le ruban de la croix de la Légion d'honneur met sa tache rouge, il descend les marches du perron et va serrer la main des invités qui savent son histoire, admirent sa vaillance, se réjouissent de son bonheur.

Mais voici que Marguerite apparaît dans sa robe de mariée.

Elle rougit sous le voile en entendant les murmures flatteurs que suscite sa beauté, en recevant les compliments de ses amies.

Le cortège se forme bientôt et se rend, à pied, à la mairie, puis à l'église toute parée pour recevoir les futurs époux...

Sous la nef séculaire s'échangent, devant Dieu, les ultimes serments.

Marguerite est délicieusement troublée. Paul est grave, et cette gravité même trahit son émotion.

Le cortège se reforme... Il revient maintenant par les allées jaunies que le soleil d'automne éclaire de ses rayons dorés.

La jeune femme s'appuie au bras de son mari. Autour d'eux la gaîté monte, et s'épanouirait si, là-bas, du côté des Vosges, le canon ne grondait sourdement par intervalles.

Eux demeurent silencieux. Ils sont unis désormais.

Marguerite n'a pas voulu qu'il retournât au combat avant qu'ils ne se fussent donnés l'un à l'autre. Le destin leur a souri jusqu'à ce jour, il leur sourira encore. Mais, s'il lui arrivait de faillir à ses promesses et s'il se montrait jamais inexorable, Marguerite ne perdrait pas son Paul adoré... elle porterait son nom...

Ces pensées lugubres ne la hantent pas pour l'instant. Elle se laisse aller au bonheur de vivre et de croire en l'avenir.

Dans le parc, tandis que les invités se dispersent en attendant l'heure du déjeuner, la jeune femme emmène Paul vers un banc...

— Te souviens-tu? sourit-elle.

— Oui, répond-il. C'est là que, pour la première fois, j'ai osé te dire que je t'aimais...

Il s'arrête. Une image se présente à leur souvenir en même temps, celle d'Irma Wolfer et de Stockmann.

Les espions, après avoir fait des aveux complets, ont payé de l'existence leur triste félonie.

— Etaient-ils méchants! soupire Marguerite.

— Ne pensons plus à eux, mon aimée, murmure Paul. L'amour et le devoir nous sollicitent...

— Bien parlé, dit M. Destieux qui s'est approché à pas de loup. Aimez-vous, mes enfants. S'aimer, c'est tout le secret de la vie. Vous êtes gentils tout plein et je pleurerais, si j'osais, comme une bête que je suis. Mon rêve se réalise. Vous vivrez ici après la guerre, ou à Paris... où vous voudrez, mais...

— C'est entendu, sourit Paul, nous ne nous quitterons pas, mon père. Ensemble nous avons souffert, lutté, triomphé. Ensemble nous vivrons après la grande victoire.

FIN

SCEAUX. IMP. CHARAIRE

J. FERENCZY, Editeur.